宇宙人と暮らしてみれば

AKIYAMA Masumi
秋山真朱美

文芸社

枕

　こっちの世界で、ねえちゃんとマユミ以外の人間にお目にかかるのは久し振りだなあ、オイラもついてるよなあ。

　おう、どうでい、お気に召してもらえたかい。おっと、枕だけ読んで本棚に返(けえ)すって、ヤボなマネはいただけねえなあ。

「オイラどこー」

「おっといけねえや、ねえちゃんが呼んでらあ、せっかくお前さんと、ちょいと話でもしようと思ってたんだが、ちょっくら行ってくらあ、オイラと話したのは、マルのヒってことで、よろしくなっ」

「何一人で喋(しゃべ)ってるのさ」

「縁は異(い)なもの味なもの、っとくりゃーな、ひひひ」

予兆

ここ数日なんか変だ。

空を見上げると、昼も夜も、やたらにＵＦＯみたいなのを見るし、空がキラキラして綺麗だ。

我が家のワンコ（あ、その一ね）あずきって名前なんだけど、確かに、

「ギョチョウモク、申すか、申すか」

を、繰り返している。

十三年も生きていたら、言葉くらい喋るかもしれないわね、と、呟いてると、ワンコ（その二ね）大福が、

「申す、申す」

って喋っていた。妹のマユミが当たり前のように聞いていることもおかしい。

さて、ここで解説しよう。ギョ（魚）チョウ（鳥）モク（木）とは多人数で行う昔の遊びの一つであります。是非、ググってみてください。って誰に言ってんだかー。

いやいや、どっからギョチョウモクが出てきたんだ？

「申す、申す」

って、ワンコたちが揃って答えている。あー、それはもういいから。

相変わらず妹は、全く気にしていない。それは、今に始まったことじゃないから理解できる。

「あれれーっ、この真冬に、サボテンの花が咲いてるわー、ねえ、サボテンの花って冬に咲くの？」

と、たぶんスルーされると思いつつも聞いてみた。

「この部屋きっと暖かいからじゃないの？」

と、珍しく答えた。これもおかしい。ただ顔は無表情だったので、少し安心した。

「そーよね、確かに暖かいのよ、ここ二、三日暖房をつけていないのにねえ」

と、一人で納得しているねえちゃん。

「今は真冬よねー」

と、また、独り言を言う。

我が妹は、超がつくほどのマイペース人間なのである。

くどいようだが、とにかくおかしい。おかしい続きに夢、夢といっても寝ている時の夢が、かなり変わってきた。

この前は、死んだおばあちゃんが横で寝ててね、ほぼ白髪の髪の毛がすごーく長くて三つ編みにしているのよ、でね、横で一緒に寝るかい？　って言っているのよ。あ、そうそう、寝るといえば、あの忌野清志郎様がね、これまた私の横で寝ててね、寝ぼけてかどうだかわかんないけど、エアギター弾いてんの。でね、スローバラードを耳元で歌ってくれたのよ、お得感満載でしょ？　あっ、満載っていえば、宮本浩次様と、晴れ着着てね、どっかの駅のホームを、手を繋いで走ってたのよ（うふふ）。こうなると青春よね？　ア・オ・ハ・ル。起きたくなーい、起こさないでー、と思ってたら、夢の中にもＵＦＯが出てきて起こされちゃったのよ。

この長々とした夢の話を聞いてもらえるのは、ワンコたちだけ。だけど、まだ気にせず話は続く。

ここからが私のショウタイムなのである。

そう、私は毎日夢を見る、しかも色つき、しかも、しかも、死んだ人ばかりが出てくる。たまには生きている人も出るのだけど。そして、何がすごいって、その夢を何日、いえ何週間も覚えていること。特技なのか何なのか、それは、ねえちゃんにはわからないことである。

ふと、我に帰る。話がいつもながら長いが、夢の内容に問題があるのである。好みがバレている。しかも会いたい人に会っている。しかし、一番会いたい人は、まだ出てきていない。もしかして、今夜こそ出るのかー、と気合いを入れているうちに、おかしな一日が終わる。

さーて、今夜は何を読もーかなー。ん？　気持ち、本の場所が変わっている。そういえば、縫いぐるみも転がっているし、妹はずぇーったいにこういう本を読まないし、きっと私が寝ぼけて動かしたのねー、まあいいわ。ひゃー、それにしても、古典文学って癒やされるわー。

「い・や・し」（笑）

現代人の諸君、君たちも古典文学を読むべし！　なーんて、偉そうに「べし」なんて言ってしまったわ。うふふ。

「それで、今夜は何を読むんでやんすか？」

えっ？？　驚いたねえちゃんだったが「きっと空耳よ」と、思ったが、心は弾んでいた。今夜こそあの人が夢に出そうな予感。キュンキュン、「我ながら乙女ちっくだわー」

完全に自己陶酔している。

ワンコたちが、呆（あき）れたような顔でこっちを見たかと思いきや、あっちを見ては吠え、こっちを見ては吠え、私の方に走ってきて、そばにぴたっとくっついてきた。忙（せわ）しないわねえ、地震でもくるのかしら、と呟いたねえちゃんだったが、心なしか、キュンキュンは直っていない、能天気なねえちゃんは、いつも通りだ。

明日がどうなるかわからない。

「明日は、明日の風がふくのさー」

と、小さく聞こえたような気がした。

おかしな一日も終わった。

四本足の毛皮人間？　との出会い

毎朝、ワンコたちが、交互に私の口を舐めに来て起こされるのが、日課になっている。

「はいはい、おはよう、今起きるからねー」

と眠い目を擦りながら言うと、「おはよう」とワンコたちが揃って答えた。

おはようも言えるのかしら、と半ば感心しながら、まだ寝ぼけているのね？　と自分に言いきかせていた。

目覚めが悪いけど、ワンコたちの言葉がわかってきた自分に嬉しさもあり、幸せな朝に変わった。そういえば、夢は不思議と見なかった。

さて、顔洗ってこようと洗面所に行き、部屋に戻ると、テーブルには、ココアとトーストが置いてあった。妹よ、なかなか気がきくじゃない、ありがとうね、と食べていると、妹がやってきた。

「ちょっと聞いてよ、あのね、あずきと、大福が、おはようって言ったんだよ、もう、超感激しちゃってね」

と、熱っぽく語るねえちゃんに、「ふーん」と、相変わらず素っ気ない返事をして出かけて行ってしまった。

相変わらずマイペースな妹だわね、ふーんだって、ああいうタイプの妹を持つと、姉も苦労するわー、と、こちらもマイペースで独り言を言っている。本当は、妹の方が苦労しているかもしれない、などと独り言は続く。ワンコたちがニンマリ笑っていた。

良いわよねー、笑う犬との生活、うふふ。

てな感じで、朝食を食べ始めると、何やら後ろに気配がする。

出かけたはずの妹が、ボーッと立っている。まあいつものことなんだけど、どこかおかしい。服がダボダボしてるし、顔がシワシワで小さくなっている。一晩で人間って、こんなに痩せるのかしら？　羨ましいわ、と、ねえちゃんは、相変わらず能天気なのである。

それはそれで良いか悪いかはわからないが、そーだ、そういえば、昨日からおかしい続きだわね。

それにしても、この妹がやっぱり一番おかしい。

髪の毛も、いつもの倍はあるし、背が私より小さすぎる。

誰？　って聞くのも今さら変だし、さり気なく、とりあえず聞いてみよう。

「何か忘れ物？」

どこか変な所から声が出てしまった。気を取り直して、

「どうしたの？」

聞けた自分にガッツポーズをしてしまった。

「オイラですぜぃ」

と、妹が、変な口調で話してきた。いやいや、妹は自分のことを「オイラ」なんて言わないし、しかも「ですぜぃ」なんって使わないし。

ふざけないでよ、と、妹の頭をコツンとするつもりが、人差し指が、第二関節まで入ってしまったので、慌てて抜いた。

「○×□※△＋……」

わからない叫び声に、ワンコたちは怖がって、落とし物をしながら、部屋の隅に逃げて行き、震えている。

「何するの？」

「何するんでやんすか、あいたたた、いてーでやんすよ」

何気に、二人の息が合っていたが、妹みたいな人は怖い顔になっていた。ねえちゃんは、ワンコたちの落とし物を拾い始めながら、

「てっきり仕事に行ったと思ってね」

と、なるべく妹の顔を見ないで話している。

「でね」

と恐る恐る顔を見ると、シワシワでゴワゴワではあるが、妹みたいに見ようと思えば見えるところまで変わっていた。

「もう、そろり、そろり、と脱いでもよろしゅうござんすか？」

妹みたいな人が話しだした。

「え？　脱ぐ？　ここで脱ぐの？」

妹は、私の前で脱いだことはない、たぶん。

「で、何を脱ぐの？　確かに暑いけど」

って、まだ言っている。

「まったく、人間ってのは、めんどくせーでやんすねえ。オイラの体にベタベタ布っきれってやつが、くっついちまって、頭もきもちわりーって、あんた、ちょいと聞いておくんなせい」

と、妹みたいなのがベラベラ喋りながら脱いでる間に、体も小さくなっていった。

「あげ、ふぎ、どーっ……」

これは絶叫マシーンに乗ってる時の、自分の叫び声を思い出してもらった方が早いですね。

　叫んでる間に、ワンコたちも部屋の隅に、また、落とし物を落としながら、隠れてしまった。

「あっ、あっ、あんた」

　と言いたいが、続きが出ない。とにかく「ファイト！」と、自分を励ましながら、

「あんた誰よ？」

　と、また変な所から声が出たので気を取り直して、

「あなたは誰ですか？」

　って、誰って聞いても聞かなくても、誰が見てもアレよね？　でも、まさかね？　絶対に正解って言われそうだけど、と、一人芝居状態みたいに舞い上がりつつ、

「一応聞くけど誰？」

「へぇ、よくぞ聞いておくんなすった。おかみさんへ、おとみさんへ、否（いや）さ！　おとみ」

　と、やっと自分が喋れる番になり、

「いやさー、ひさしー」

「久し振りだなあー、とか言って、そう言うおめーは、とか言われて、名前を聞いてほしかったんでしょう（笑）」

　怖いのに、笑っているねえちゃんもかなり怖い。

「それで、宇宙人って言うんでしょ？」

「あちし、そなたに、何かご無礼をしたでやんすかい？」

やんすかいって、言っている宇宙人を無視して、あそこの宇宙人の人形にそっくりだから、と、その人形を持ってきて並べてみた。

「それなら話がはえーや。確かに似てやんすが、こいつぁ動けねえんですかい？　動かないんですかい？　もしかして屍（しかばね）ってやつですかい？」

「やーねえ、しかばねって、普通そんなの部屋に飾らないでしょ？」

「これで合点がいったでやんす」

「しかし、そうすんなりと、宇宙人と言われると思わなかったわよ」

「そうでやんすか？」

と、少々誇らしげになっているように見えた。

「うわーっ、宇宙人って本当に居るんだ、まばたきしてるしねっ」

宇宙人は、必ず居ると信じていたねえちゃんだったが、

「ちょっとあんた、言葉がおかしくない？　日本語にはなってるけど」

「ねえちゃんの聞きたいことは、ここでピーンとわかるんですぜ、何ね、オイラは姿を見せる前（めえ）に、すでに、ここに居たんでやんすよ、でね、ねえちゃんの読んでる本で、言葉を勉強したんだすー」

いつの間にかテーブルの上によじ登って、スキップをしている。

『フォークダンス入門』も読んだのかーと、また、感心してしまうねえちゃん。

だが、何気に、二人はすっかり馬が合っていた。

「頭がいいんだね。羨ましいよ。私なんて、頭のネジが何本も飛んでるって、みんなから笑い者にされててね、計算ひとつだってできないんだよー」

と、ショゲてしまった。

「おや、ねえちゃんは、ロボットってやつですかい？　オイラが直してあげるでやんすよ」

「優しいのね、って、ネジって言っても見えないネジだし、私は一応人間ですよ。で、名前はねー」

って言うが早いか、

「ちっ、ちっ、ちっ、そんなヤボなことをお言いでないよ、名前（なめ）えは、ねえちゃん、で、げすな、モガだねえ」

と、何だかわけのわからないことを言っている宇宙人に、すかさずねえちゃんが、

「何で私が宇宙人のねえちゃんにならないといけないの？　いつから、あんたのねえちゃんになったの？」

と、尋ねた。

「へい、あのワンコたちも、やたらにねえちゃん、ねえちゃんと言ってるもんで、オイラてっきり『ねえちゃん』を、名前（なめ）えかと思っていたんでやんすよ」

あっ、と何か思い出したように。

「あらー、いやだー、こんなに出てるじゃないの！」

と、またワンコたちの落とし物を拾う。掃除も疲れるわー。怖がり屋さんたちなんだからー。落とし物というのは、言うまでもなく、ウンチのことである。ワンコによっては怖いとよく出るらしく、動物病院の診察台の上に乗せられると、出てしまうらしい。

「とにかく、掃除が終わるまで、テーブルの上で静かにしててね」

「わかったでやんす、して、その四本足の毛皮人間を、ワンコと呼びなさるが、怖がるとウンチってのが出るんですかい？　ねえちゃんも出るんですかい？」

「それぞれね、性格が違うから、人間は怖いくらいでは、いちいち出ないわね（笑）」

と、なぜか笑うねえちゃん。

「そうですかい」

と言ってはみたものの、全く意味がわかってない宇宙人。

「して、ワンコと言いなさるのは、四本足で動いていなさる、毛皮人間のことですかい？どうりでオイラの国の人間学では、習わなかった生命体なんでやんすね。して、ウンチってのは人間学に出てくるアレとおんなじでやんしょ？」

「そーよ」

　と、人間学を知らないねえちゃんは、掃除に力が入っている。

「おう、おう、だったらオイラ良いことをしたでやんすね！　便秘になっちまうと苦しいってえ言うじゃねえですかい、よっ、もっけの幸い、棚からぼたもち、やまとやっ！」

「あのねー、使い方がおかしいよ」

「さいでやんしたかー」

　と、テレているオイラ。

「いやー、それにしても、このワンコたちって言うんすよねえ？」

「そうよ」

　掃除に余念がない。

「こりゃー、てーへんによく喋りやすねぇ」

「えっ、そんなに喋ってるの？　いつ？」

　と、急に嬉しそうになるねえちゃんだが、

「また、またー、またー、ワンコたちはね、喋れないのよ、吠えているだけなのよ、なんだか、かわいそうになっちゃう、理不尽って言うか……」

　と、ショボリ。

「とんでもねえ、おもしれーことを言うねえちゃんでげすなあ、ワンコたちは、どれもこれもペチャペチャ喋ってるでやんすよ」

「うわー、ステキー。宇宙人にはワンコたちの言葉がわかるのねー。宇宙のロマンを感じるわー」

と、ねえちゃんは宇宙人を尊敬のまなざしで見るのであった。

「それで、ワンコたちのことがわかったんだから」

結局何がどうわかったのかわからないが、

「今度は、宇宙人さ？　ん？　の名前を教えてよ」

「へい、がってんでい、オイラは、宇宙人なんで」

って、また振り出しに戻りそうになったが、

「あっちの国にけえりゃあ、てーそー長ったらしい名前(なめ)えがありやすが、こっちの世界で呼んだら、何十秒くらいかかりやすかねぇ？　ねえちゃんにはたぶん、覚えられねーでげすよねぇ（うしっしっ）」

と、数字に弱いねえちゃんの、痛いところをついたオイラは、

「オイラのこたー、おう、オイラと呼んで、おくんなせい」

相変わらず長い。

「そう、それじゃあオイラって呼ぶから、これからよろしくね」

かなり嬉しそうなねえちゃん。

「へい、がってんしょうちのくらのすけでえー、ねえちゃん、末長く、オイラのことを、おたのみ申すでやんす」

　と、中腰になって右手を長く伸ばすオイラ。

「どこで覚えたんだか（笑）」

「そういえば、ワンコたちが私のことを、ねえちゃんって呼んだのはわかったけど、私は、オイラのねえちゃんじゃないわよ」

　と、しつっこく言う。

「いえね、もう一人の人間が、ねえちゃんのことを、ねえちゃんって呼んでるもんでげすから、オイラてっきり、ねえちゃんの名前（なめ）えが、ねえちゃんだとばかり思っちまったのでやんすよ」

「もう一人の人間って？　もしかして、オイラが最初に会った人ね（笑）」

「へい、さいでやんすー。ぬーっとして、オイラを見ても、見てるのか見てねーのか、はっきりしねーんで、オイラの方が腰が抜けそうなくらい、驚いちまいやしたぜ、生きたここちがしなかったでやんすよ、違う惑星に来たのかと、思っちまったでやーんーす、ありゃー、まさに異星人ってやつでやんすねー」

　と、かなり興奮した様子で、身振り、手振りをまじえて語っていた。

「うん、うん」

同調するねえちゃん。

ここでも、妙に二人は気が合っている。

「そうそう、あれは、イモウトって呼ぶのよ」

「ほー、イモウトって名前なんすね。よござんした、これからはオイラ、あれを、イモウトって呼ばしてもらいやしょう」

「違う違う、話は終わりまで聞いてよね。イモウトって言うのは、私より後（あと）から産まれてきたから、イモウトって呼ぶの。人間学で習わなかったの？　……でね、男と男のきょうだいをね……」

うわの空で、聞いてんだか聞いてないんだか、まったくー、どこまで勉強してきたのかしら？？？

「いてーところを、ちょちょいっと突かれた気分でやんす。へっへっへっ」

と、頭をかいている。

「へっへっへって、笑っている場合じゃないでしょ？　あれは、マユミって名前があるのよ」

「ほー、みじけえなめーなんで、オイラすぐに覚えられたでやーんすー。マユミでげすね。後から産まれてきたんでやんすね」

微妙に、何か勘違いをしているみたいだが、

「へい、おつぎから、あーいーつーを、マユミと、呼ばせていただきやしょうでやーんす」

「マユミ」「マユミ」と、やたらにはしゃいでいる。

「うふふ、古典文学も実際に言葉に出すと、おもしろいものねえ、使い方はちと違うけど。現代文学派じゃなくって良かったわー（お嬢さん、君の名前は、とか、ハニー、ご機嫌はどうだい？（笑）とか言われたら、寒気がしちゃいそう）」

と、言ってるねえちゃんの言葉も、実はもう古いのであるが。

お風呂場にて

今夜は、いつになくエコーが響くわー、コンサート会場に居るみたいだわー。

♪どーしたんだ♪「へへイベイベェー」

合いの手まで聞こえる。

♪どーしたんだー、おーーーっ
ねえちゃんの、雄叫びに、驚いたオイラの目玉が、片方だけ流しに落ちた。それを見た、ねえちゃんは、さっきよりも、もっと、ものすごい声で叫び声を上げた。今度は、オイラの顎が外れた。

「何するんすか！　驚いちまって、目ん玉が片方落っこっちまったでやんすよ」

と、外れた顎を治す時、ものすごーく怖い顔になっていた。

「オイラこそ、勝手に入ってきてるじゃないのさ、しかも、ドアをまたすり抜けてるし」

「ドアって何なんすか？　オイラの国にゃあ、そんなもんどこにもねえでや・ん・す」

「ぬわーにが、や・ん・すって、ちょっと、どこ見てんのよ」

いつの間にか、オイラの目玉が元に戻っていた。

「ほーう、人間学の本で見た通りでやんすが、宇宙人界で生きてるのを見たのは、オイラが初めてでやんすよね、もー、オイラ、ドキドキの、ワクワクみてーな心持ちがしてきたでやんす」

ご機嫌で湯舟に漬かってバタ足をしているが、微妙に透明な体になっていた。

「あのー、大変ご機嫌のところ申し訳ありませんが、ここから出ていってもらえないでしょうか？」

と、丁重に言うねえちゃんに、ついオイラも、

「がってんでやんす、いけねえ、ちーと長湯してしまったでやんすよ、お先にここを、あっ、出るとしようでやんす」

と、言い残すと、またドアをすり抜けて出ていったようである。

それにしても、あの、合いの手もオイラだったのかしら？　いつから入っていたのかしら？

「へえ、実は、布っきれを引っぺがすところからでやんすよ、まあ人間ってのは、てぇーへんなんでやんすねえ。脱いだり、着たり、外したり、巻いたり、擦ったり」

と、その動きをしている。

「そうなのよ、時々、面倒くさいって思うこともあるのよ、冬は特にね、って、まだ居るし……」

結局、出たふりをして、まだ湯舟に漬かっていた。オイラは湯舟が、気に入ったらしい。これからは、お風呂タイムが楽しくなるわー、と、心なしかねえちゃんは、喜んでいた。

トイレにて

「オイラー、そんな所で何をしているの？」

「へえ、この椅子みてーなもんに、時々、ねえちゃんやマユミがこうして腰かけているでやんしょ？　何がどうなるのか、オイラも、試しているんでやんすがねー、なんにも起こりゃーしねえでやんす……」

と言って、オイラはションボリしてしまった。そんなにショゲなくてもって、つい慰めようとしたねえちゃんだが、ふと、我に帰り、

「とにかく、もう出そうで、我慢できないから、そこから降りて、出てくれない？」

いかにも、苦しそうである。

「ここで、何をするんでやんす？　とか、聞かないでよね！」

バタン、と思いっきりドアを閉めてはみたけれど、大きな目玉と目が合った。

「全く、ドアの意味ないし、しかも、個室なのに困るでやんすよねっ、はっ、やんすって今、自分で言ってしまった」

「ほー、そこの白くって丸い紙っきれみてーなもんを、ふむふむ……」

と、ねえちゃんの動きをまだ見ていたオイラだったが、次の瞬間、その白くって丸い紙きれが、オイラめがけて飛んできたのだが、そこはすでに、ドアだけになっていた。

「あー、すっきりしたー」

と、トイレからねえちゃんが出てきた。

「そーいえば、オイラってトイレ行かないの？」

「この部屋の名前（なめ）ーは、トイレってんですかい。こじゃれた名前（なめ）ーが、ついているんでやんすねえー」

と、なんだか大げさに感心している。

「して、その椅子みてーな腰かけは何なんでい、ちょいと風変わりでやんすなあ、腰をかけると、シリンとこが、妙にあったけえ、それでもってよ、穴が開いてやがる、飲み水もへえってるし、ここんとこを、ちょい、ちょいっと押すってーと、ほれ、雨みてーなんが、顔にかかるんでさあ。イキじゃ、ござんせんかい。霧雨じゃ、濡れて帰ろうみてーでよ」

と、ボタンを押して遊んでいるように見えた。

「ちょっ、ちょっと、トイレで遊んでんじゃないわよ、トイレって、神聖な場所なんだから」

神聖ってわかるかしら?

「まあいいわ、とにかく、トイレって綺麗に使うのよ。神様に叱られちゃうんだからねっ」

「神様って、どこのどいつでい、他にもこの家にゃ、誰か居るのかい?　ねえちゃんを叱るなんざ十年、いや百年、早（はえ）ーよなあ」

と、見得（みえ）を切っている。

「神様っていうのは、って説明してると、ものすごーく長くなるんですけど、人間ってね、神様という、目には見えないけど、その神様に、恥ずかしくないように生きていかないといけないのよ、神様は、一人一人の心の中に、いらっしゃるのよ」

いつものことなので、簡単ではあるが説明してみた。

「神様に、恥じないんでげすねぇ」

オイラが、いつになく真剣な顔つきになった。

それにしても、宇宙人ってトイレに行かないんだー。せっかく良い話をしていたのに、また、トイレの話題に戻っている。

「トイレは行かねえんでげすよー」

と、オイラの声が聞こえた。宇宙の不思議が、また一つ増えた。

仕事とテレビと命

「行ってきまーす」と、マユミがいつものように出かけて行った。

「ちょいと、ねえちゃん、マユミが出ていきやしたが、どこに行ったんですかい？」

「仕事よ」

と、後からどうせ質問されるだろうからと思ったねえちゃんは、あっさりと答えた。

「仕事って、何ですかい？」

思った通り、オイラが聞いてきた。

「仕事ってね」と、言いかけたねえちゃんだったが、うまく説明できない。

「仕事ってね、そうそう、オトナになったら働かないと、人間って生きてゆけないのよ」

とんでもない説明だが、オイラにはなんとなく、理解できたのである。

「オトナですかい？」

「そーそー、オトナね」

また、これも説明するのかと思うと、ねえちゃんは辛くなってきた。

「オトナね、ほら、コドモって学校に行くでしょ？」

ねえちゃんは完全に、自分の首を絞める状況になってしまった。

「コドモって、ガッコウに……？」

オイラもどうやら、頭の中がこんがらがってきた。それを見たねえちゃんは、勝利を味わったように、

「あっちの世界で、ちゃんと勉強してきたの？」と、オイラに、嫌味ったらしく言った。

「トホホホホ……」と、見る見る小さくなっていくオイラに、ピースをするねえちゃん。

すると、オイラが拳(こぶし)を握り、

「オイラの勝ちですぜ」

と、ほくそ笑みながら、見る見る体が大きくなった。また思い出したように、ワンコたちが吠えはじめた。

「おっといけねえや、また、落とし物を出されたんじゃあ、あちしが、ねえちゃんに叱ら

れやすぜ」

と、言いながら、いつもの大きさに戻り、テーブルの上に登った。

「ところで、ねえちゃんにうかがいやすがね、ねえちゃんって、オトナなんですかい？コドモなんですかい？」

ほーらきたよ、また、オイラの質問が、と思いながら、

「なんで？」

と答えたが、あっ、仕事のことを聞かれるんだな、と、勝手に考えて、

「仕事ね、仕事、そうそう、今は、ワンコたちのお守りが、立派な仕事なのよ」

ギリギリセーフ、と、心で思っていた。

「ほー、そりゃーてえそう、てぇへんな仕事でやんすね、しかもでやんすよ、その、箱みてーな中の生き物たちを、観察するのも仕事でやんしょ？　しかも、しかもですぜい、時々、目や鼻から、水みてーなのも出してやんすよねっ？　仕事ってのも、てえへんなんすねえ、おまいさん」

逐一、ねえちゃんのすることを、見ていたオイラである。

「箱って、あっ、これね、テレビって言ってね、映画とか、色んなものが観れるのよ」

オイラの国にはないのかしら？　と思いながら、また、何か聞かれはしないかと構えていたねえちゃんに、

「テレビって言うんですかい？　色んなものが観れて、ずいぶん便利でやんすね（笑）」

本当は、宇宙にはテレビよりすごいものがあることを、オイラはあえてナイショにしていた。そうとは知らず、またまた、ねえちゃんの説明が始まった。

「でね、悲しい場面とかには、目から水じゃなくて、涙が出るのよ、悲しいってわかる？」

「それくらいわかりやすぜ、オイラは、人間学ってのを習ってきたんでやんすから、人間ってのは感情の動物って言われてるんでやんすよ。すなわち、ヒューマンフィーリングスってなもんでぃ！」

オイラは急に、胸をせり出して得意げになった。

「うわー、オイラすごいじゃない、天才かっ！　人間のこと、少しはわかってるのねー」

パチパチと、呑気に拍手をしているねえちゃん。やはり、ネジが飛んでいる。

「そうそう、悲しいの続きだけど、人によって違うのよね、人って、人間のことね」

「そこが、人間のムズカシイとこでござい やすねえ」

オイラに一本取られたような気分のねえちゃんだが、気を取り直して、

「うおっほん、それじゃあ、オイラも一緒にテレビ観てみる？」

と、聞いてみた。

「おう、がってんしょうちのこんこんちき、仕事ってやつでげすねえ、そんならちょいと、おうっ、観せてもらうでやんすー」

相変わらず、前置きが長いわねー……、ふう。と、思いながら、テレビと、ビデオの、リモコンを押すねえちゃん。

「あははは……」

突然笑い出すねえちゃんに、驚くオイラが聞いた、

「どーしたんでやんすか？　ねえちゃんの口が大きくなっているでやんすよ。しかも、あはは って、テレビを観る前の、ストレッチってやつですかい？」

「違うわよー、これは、おもしろい時の反応かな？　ツボに入ると、お腹が痛くなるくらい笑えるのよ」

いつもながら、親切に説明をする。

「ホーッ？　ツボにへえるんでやんすか？　して、ツボって何でげすかい？　カプセルみてーなやつですかい？」

「違う、違う、ツボはツボ、もう、いちいち説明できないわ、しかも、笑えなくなったし、何かオヤツでも持ってこよう」

と、オイラを無視して台所に行った。

「おーう、うおーい、ねえちゃーん」

と、悲痛にも似たオイラの叫び声に、慌てて戻るねえちゃん。

「どうしたのよ」

と、一応聞いてみると、

「この中の人間が、動かなくなっちまいやしてね、オイラ、おっちんじまったと思ったんでやんすよ、てーへんじゃねえですかい」

「いちいち叫ばないでね、ワンコたちが怖がるから」

「へーい」

と、また、この動かなくなった人間の説明をするのかと思うと、かなり面倒くさくなったねえちゃんだったが、ねえちゃんは、とても優しい人間だったのである。いや、だったじゃなくて人間なのである、の方が正しい。

「ここに、リモコンって名前の物があるでしょ、わかる？　このね、リモコンの上に、色々なボタンがついてるでしょ？　わかる？　このボタンを使うとね、テレビの画面の人間が、動いたり、止まったり、するのよ。とにかく、このリモコンで、私の思いのままに人間を動かせるのよっ、ほーっほっほっほっほ」

と、ノリノリで説明している。

「ほー、その、板っきれーみてーなのを、リモコンって言うんですかい？　オイラの国では見たことがねえんで、一つもらってけえってもよろしゅうござんすかい？」

「ダメよ！」

と、あっさり断るねえちゃんに、

「こんなにいっぺーあるのに、一つくれえ、くれりゃあいいじゃありやせんかいな」

「あっ！　こんなにいつの間にか集めてるわ、探してたのに。リモコンってね、それぞれの機械を動かすのに必要なのよ、だからあげられないのよ、ごめんね」

「おうおう、黙って聞いてりゃー、勝手なことばかり言いなすって、オマイさんも、ドケチの仲間入りかい？　今頃、オメーさんのおっかさんは草葉（くさば）の陰で泣いていなさるぜい」

「あはは、オイラそんなのどこで覚えたの？　おもしろーい」

「さいでげすかい、テレちまいやすねえ、おっと、いけねえ、肝心要（かなめ）のことを聞くのを、忘れてやした。人間ってのは、リモコンって板っきれが必要なんすね？　オイラどーも、がてんがいかねーんでげすがね、あのワンコたちのリモコンってのは、どこに隠しているんですかい？　どこをどう探しても見つからねーし、ありゃーどう見ても、リモコンってやつでは動いてねえ気がするんですがね。不思議でならねえんす、もしかして、最先端のリモコンですかい？　マルヒとか言うやつですかい？」

「あはは、ワンコたちは、動物って言うのよ、機械じゃないわよ。動物ってね、あ、人間も動物って言えばそうだけどね、動物、イコール生き物ね。生き物というのは、それぞれ命というのを持っていてね、みんな、自由に動けるのよ、わかる？」

　動物大好きねえちゃんは、生き生きと語った。

「へい、オイラにも、命ってのがありやすんでわかりやすぜ」

「へー、宇宙人にも命があるんだー。ステキー」

と、うっとりしていると、

「ねえちゃん、ねえちゃんは、みんな自由に動けるとおっしゃいましたがね、つい、この前、ちょいとオイラその辺りを見てきたんでやんすよ」

「えっ？　その格好で出てっちゃったの？」

「ちゃいまんがなー、透明になって行ってきたんでやんすよー」

「なーんだー、それなら良かったわ。見つかると怖がられるからねー」

「怖がられるんでやんすか？　オイラ、カッケーつもりでやんしたがねえ、モボ……」

いきなり、キラリン！　と大きな瞳を輝かせた。

「あっはっはー、オイラって、ほーんとおもしろいわねー、して、何か、収穫は、あったのかえ？」

私まで、言葉がおかしくなっていた。

「シュウカクってのは、よくはわからねえですが、ちょいと、むこうのワンコと話してきやした。いえね、なんつーか、しょんぼりってやつですかいねえ、ねえちゃんみてーに、泣いていなさったんでやんすよ」

「へえー、ワンコも泣くんだね、いや、泣くと思う、絶対、泣いてると思う、シミるよねー」

シミジミしている場合ではない。

「たぶん、あのワンコちゃんのことだよね」

「おっと、ねえちゃん、オイラの頭ん中が読めるんですかい？」

「違うわよー、だけど泣いているって言われたら、ここいらでは、あのワンコちゃんしかいないわよ」

「して、あのワンコのなめーは、ワンコちゃんと言いなさるのかい？」

「もー、違う違う、いつも説明が長くなるわー。いーい、ワンコちゃんってね、私が勝手に言ってるの、あそこの飼い主さんが、名前を呼んでるのを聞いたことないし、なんで飼っているんだろう？　って、こっちまで悲しくなる時があるわ」

「そうでやんしたか、なめーも呼ばれねえんでげすか、ずいぶん、かえーそーでやんすねえ」

「ねっ、オイラもかわいそうだと思うでしょ？」

ここでも気が合っていることに、嬉しさを隠せないねえちゃん。

「で、どんな話をしてきたの？」

オイラが、急に、お姉さん座りになり、どこから持ってきたのか、小さな手拭いを持って、話し始める。

「ワタクシ、パグっていう、ワンコです。パグってね、毛が短いから室内で生活しないと、冬寒く、夏暑く、ここの場所では、とても辛くって、ヨヨヨヨ……って、泣くんでやんすよ、そんでもって、こっからがすげーんですぜ、首に輪っか着けられて、トイレに行きたくても自由に行けないのでございます、ヨヨヨ……どうでい、泣けてくるじゃねえかい。助けてって言っても、人間には吠えているだけにしか、聞こえてないみたいで、ヨヨヨ……うるさい！　って叱られるし、ワタクシは、なんのために産まれてきたのか、わかりませんのよ、ヨヨヨ……ってよー、とにもかくにも、泣くのなんのって、オイラも、もらい泣きってのを、初めてしたんでやんす、ヨヨヨ……」

「やっぱりねー、あそこの家のワンコちゃんね。冬なんて、ブルブル震えてるのよー、しかも、鼻から水が出ててね、かわいそうで見ていられなかったわ。だけどね、私にはなんにもしてあげられないんだー」

「ねえちゃん、そんならオイラが、おうっ、ここに連れてきやしょうか？」

「そういう問題じゃなくって、ワンコたち、いや、一般的に、ペットって呼ばれている動物たちは、飼い主を選べないのよ、かわいそうだけどね。ペットの運命、いや宿命なのかもしれないわね」

「運命は、変えられねえ、ってやつですかい？　まさに、ハードボイルドでやんすねー」

「なんだか、ものすごーく気取ってるけど、ペットって、何でやんすか？　なんて聞いてこないわね？　どうしちゃったのかしら？」

と、不思議に思っているねえちゃんに、

「おう、ペットのことですかい？　そいつぁさっき、あそこのワンコちゃんに、教えてもらったでやんすよー」

「あらぁ、お友達ができて良かったじゃない」

「へい、よかったでやーんすー」

「また、わからないことがあれば、教えてもらうと良いわね。我が家のワンコたちは、いまだに怖がってるし、あのワンコちゃんは、独りぼっちで淋しそうだから、話し相手にもなるし、きっと喜ぶでしょう」

「へい、オイラも色んなことが知りてーでやんすから、また、たずねて行ってみるでやーんす」

と、顔が、ほころんでいる。いきなり、テーブルの上で、踊り始めてしまった。それを見つけて、我が家のワンコたちが、思い出したように吠えはじめた。

「おーい、おいらー、静かにねっ！」

と、言われたオイラは「へーい」と言って、宇宙人の人形の横で、横になった。

病院と薬局と紙っきれ

「ねえ、オイラー、居るのー？」

「へい、なんでげすか、ここにいるでやんすよー」

と、宇宙人の、人形の後ろから顔を出した。

「今朝は、マユミが、家に居て、ワンコたちのお守りの仕事を代わってくれたから、私は、行く所があるんだけど、一緒に行かない？」

「ねえちゃんも、臆病でげすなあ、一人じゃあ、おっかねえんですかい？」

「ちっ、違うわよー」

「へえへえ、さいでげすかい」

と、ニンマリ顔のオイラに、

「本当に違うんだからね」

と睨（にら）むねえちゃん。

「ねえちゃん、本当は、おっかねえ所なんでやんすよね？」

と、しつっこく聞いてくるオイラに、

「そうねえ、病院って、時々、コドモたちは泣いているかなー、長くて、細い棒みたいなのを刺される時は少し痛いかなー」

「泣くんですかい？」

「いやー、さすがに、この年になると、泣かないわねー」

「ビョウインといやあ、オイラ前に、ねえちゃんが眠っている時に、オイラの国の病院ってのを見せたでやんすよね？」

「あ、思い出したわ、そうそう、夢だと思ってたんだけど、今でもしっかり覚えてるわよ、まさに、夢のようだったわー。近未来的で、画期的だったわねー。いえね、何がいいって、待たなくていいのよね、待つだけでも、どーっと疲れるのよね、んで、また薬が出るまでに待つでしょ？　もう、一日仕事よね。でね、あれが良かったわね」

あぜんとしているオイラの前で、ベラベラ喋る、ねえちゃん。

「オイラに言われても、あれが、オイラの国の病院なんでげすがね」と、言うやいなや、

「おう、肝心要の話はこっからが本番なんですぜ、ねえちゃんを連れ出すのがてえそう、てえへんでしたでやんすよ」

「あー、重かったでしょ」

「ちげーよ」

今風の言葉を使っている。「ちげーよ」と、顎を前につき出して言っている。

「ちげーよ、あはは」

ねえちゃんも、マネしてみた。

「あ、ごめんね、重かったでしょう」

心苦しくなってしまった。

「ちがうんでやんすっ」

「あー、良かったー。ここ最近、いや前からかなあ、運動不足でね、体重が……」

と、ねえちゃんがまた喋りだしたので、オイラは、ねえちゃんに、ニラミを利(き)かしている。

「ちょいと、そこのおなご、オレの話に口をはさむって、いってーどういう了見(りょうけん)なんすかえー？」

「かえーって、最近、時代劇観すぎかも」

口調が変わってきたオイラ。

「いけねえや、肝心要の」

「はい、はい。もう喋りませんから、どーぞー」

「かたじけねえでござんす」と、急に、中腰になって右手を前に出した。

「いやね、ねえちゃんを運び出した時のことを、話しているんじゃござりませんかいなあ」

「ほー、なるほど」

あまりの早口に、ねえちゃんにはわからなかったが、一応返事をした。それは、他人事のようだった。

「まあ、とにかく大変だったのね、ありがとね」

と、ニッコリとオイラに感謝している。

「いやー、なんだかオイラ、テレちめーやすなあ」

と、体が少し赤くなっていた。かなり、気の合う二人。和やかに、日差しがさしていた。

「あら、いやだ、遅くなっちゃった。早く支度してちょうだいね！」

と、また急に慌ただしくなった。

支度

「ところでねえちゃん、支度って言うやつあー、なんなんですかい？」

ほら、また来たと、ねえちゃんは思ってしまった。

「支度ってね、でかける時には、きちんと服を着たりすることよ、わかった？」

「服ですかい、オイラ持ってねえでやんすよー」

急にションボリするオイラに、ねえちゃんは、

「だよねー」

と呟くと、何かを思い出したように、古いタンスの引き出しを開けて、ねえちゃんが子供の頃に着ていた服を出してきた。

「おーっ、すげーでやんすねえ、こんなにたくさんの服ってーのが、へえっているでやんすかい？　オイラにも、服ってやつができたんでげすね」

と、かなり元気になってきた。

ニンマリしながら服を見ていたが、前に、マユミの服を着た時のことを思い出した。

「おう、おう、てやんでえ、オイラが、へえさいですかー、と、服を着るとでも思いやしたかい？　オメーさんは何かい？」

と、話を続けているオイラの頭に、ねえちゃんは、服を乗せて、

「いいから、これを着てみてよ、とにかく、時間がないんだから、私も着替えてくるからね」

と、言い残して、勝手に支度を始めた。

格闘

「おりゃー、うりゃー、ぐえっ、ううっ、ちょいとー、ちょーいとー、ねえちゃーん、こいつを見ておくんなせえ、オイラの頭を、うごーっ、つぶすんでやんすよー、うっげーっ、まっ前が見えねえ、いっ息が、○△※○……」

服と格闘しているオイラに、

「どうしたの？」

と、呑気にやってきた。

「うわー、すごいことになっているわねー」

あきらかに、他人事のようだ。

「ごめん、ごめん、今、上から引っ張るから、もう少しだけ頑張ってちょうだいね」

オイラは、すでに声すら出なくなっていた。

「いーい、いくわよ」

と、オイラの頭からなかば強引に服を引っぱった。

「何すんでやんすか、いてーじゃあねえでやんすか、そなたは、このオイラを殺すつもりでやんしたかえ」

顔は怖いのだが、伸びに伸びた頭を見ると、怖い以前に、笑いがこみあげてきた。

「あははは、なんとか星人みたいになってて、あはは」

泣きながら、笑っている。どうやら、ツボに入ってしまったらしい。

「ツボからさっさと出てきておくんなせい」

「あっ、ちょっとそのままにしててね」

と言って、ドタバタと、鏡を持ってきた。

「ほら、見てごらん」

と、オイラに鏡を見せると、

「オメーはだれなんでい、ここいらじゃあ見なれねえおかたのようだが、正体を現しやがれー、ん？　口がオイラとおんなじように動いているでやんすねえ。おう、オメーさんは人のマネばかりしやがって、ふとどきせんば？　ん？　口だけじゃねえ、動きも同じでやんす、異星人かい？」

と、鏡に向かって話しかけている、まだそれが、顔が伸びた自分だと、オイラは気付いていない。

「元に戻るのにずいぶんと時間がかかるのね？」

と、すっかり元に戻ったオイラに、ねえちゃんが笑いながら尋ねた。

「うわー、いつものオイラだー、相変わらずイケてますねっ、ねっ……」

戻ったことがよほど嬉しかったのか、鏡に見とれていた。そして二人で顔を見合わせて笑っている。なんとも微笑ましい光景だった。

「何してるのー？　まだ行かないのー？　遅れるよー」

と、マユミの声がした。ねえちゃんは、ハッと我に帰り、

「そーだ、病院、車に乗らなきゃ、もう服はどうでもいいわ」と、言うなり、オイラを抱えて車の後ろに乗せた。エンジンをかけようとした時に、今まで静かだったオイラが、

「ねえちゃーん、オイラ、赤フンが着てえよぉ、赤フン、赤フン」

と言いながら手足を、じたばたしはじめた。

「えーっ、赤フンなんて、今の時代に、たぶん、売ってないし。どうしよう、帰ってから考えるわ」

と、その場をおさめた。

「赤フンひとつもねえなんて、この時代（じでえ）も、おかしなもんでやんすなあ。赤フン、赤フン」

と、ご機嫌で、赤フンの歌をうたっている。

「たぶん、マユミが作ってくれるわ。赤フンの、一つや、二つくらい、洗い替えも必要だ

しね」

　と、勝手に決めているねえちゃん、そして、それを聞いてオイラは目を輝かせている。

とっても愛おしく思えたって、思ってる場合ではなかった。

　チャイルドシートというのが無いのに気付いた。

「もし、見つかったら面倒だから、なるべく後ろで小さくなっててね」

「がってんでい、と、オイラが素直に言うとお思いでやんしたかー？　オイラ、前がいいでやんす。後ろじゃ何にも見えねーでやんすよ、前がいいでやんす」

　と、またじたばたと暴れはじめた。

「わかったわー。そのかわり、消えるとか、縫いぐるみのふり、いや、真似をしてね」

「こんなんでやんすか？」

　あの、宇宙人の人形のようになっている、これなら、何も変わることはないのに、と思えるのだが、なぜか、この二人は息が合っている。

「あー、もうすっかり遅くなったわー」

　と、言いながらやっと車を出した。

「それにしても、よく揺れるでやんすね、オイラ心なしか、きもちがわるーなりやした」

「ほら、だから、後ろに乗って、言ったでしょ？　あっ、吐かないでよね」

　などと、言っている間に、病院に着いた。

「じゃあ、受け付けしてくるから、車の中で待っててね、口（くち）チャックってわかるわよね？お人形さんはみんな、口チャックしてて喋らないからね」

「口チャックってのがついてるんでやんすかい、人形ってのも、てえーへんなんすね」

早々に、口チャックをして、車の中で待つオイラ。まったく人間ってのは、ドアをいちいち、開けたり閉めたり、忙しいんでやんすね。しかも、この車ってえのが、どーもオイラの肌にピンとこねーや、ガタガタ揺れたかと思やあ、急に止まっちまいやしょ、きもちのわりーったらありゃあしませんぜ。と、頭の中でグチグチと思っている。口チャックなので、静かなのだが、それも束の間、また、賑やかな時間になっていった。

「ん、ぐぐー、いきが、できねえ、もう、がまんならねえ、さすがのオイラも、堪忍袋の緒が切れやした。口チャックってのは、てーそう怖（こえ）ーんでやんすねえ」

すでに、口を開けているが、

「とにかく、ねえちゃんに、助けてもらいやしょ、それにしても、ねえちゃんおせーでやんすねー」

相変わらず、全てのドアをすり抜けて、ねえちゃんを捜しはじめた。

酸欠のおかげか、オイラの体はすっかり透明になっていた。心なしか声も小さい。

「おっ、ねえちゃんめーっけっ！」

そう言うと、ねえちゃんの服を思いっきり引っ張った。

「なにー？？」

っと、ねえちゃんは、思いっきり、大きな声で叫んでしまった。

その声が、病院中に響き渡ってしまった恥ずかしさに、

「あらっ、ケータイの音を消すの忘れちゃった、おほほほほー」

と、演技していた。

「今のは何だったのかしら？」と、心の中で呟いていた。すると、また、服を引っ張られた。オイラのことを、すっかり忘れていたのである。ねえちゃんにも、オイラの姿は全く見えてはいないが、

「とにかく、どこかにしがみついててね」

と、オイラに言うと、小走りに駐車場まで行き、車の中に入った。

「どこに居るの？　なんで透明になってるの？　って言うか、あそこに入ったらダメじゃない」

と、どこに居るのかもわからないオイラを、叱りだした。

「おうおう、いきなりおこるってーのは、どういうりょうけんでい、おこりてーのはオイラの方でやんすがねえ」

と、車の中での出来事を、早口でねえちゃんに説明した。

「オイラのつれー気持ち、しかとわかってくれたでやんしょ」

「で、なんで、声が小さいの？」

「おまいさんは、あっしの話を聞いてなかったのかえ」

「あははは、すいませんねえ」

　と、心なしかうわの空だった。それもそのはず、もうすぐ、会計の人に呼ばれる番だったのだ。

「まあ、その話は、また帰ってからしっかり聞くから、今度こそ、この車の中で待っててねー」

　と、またドアを開けたり閉めたりしながら、病院の中へ入っていった。タイミング良く、ねえちゃんの名前が呼ばれた。

「本日は、診察代で○○○円になります」と、言われて、お財布の中から一万円札を出して、

「これでお願いします」

　と、支払ったかと思うと、どこからか、

「なんじゃー」

　と、声が聞こえてきた。

「あ、すみません、着メロが」

　と、言いながら、またもや、必死に演技してしまったねえちゃん。おつりを受け取ると、

何事もなかったかのように車の中に入った。

「あんたねー」と言うと同時に、オイラの姿が、見えるようになっていた。

「ギリギリセーフ、って言ってる場合じゃないわ」

ねえちゃんの話が続く。

「いーい？　公衆の面前で、大きな声を出してはいけないのよ、わかる？」

と、言っているねえちゃんが、大きな声を出していたのだが、それをオイラのせいにしていた。

「ぴょ、病院って言うんじゃねえんですかい？」

ビビっている。

「確かに、病院だけど、たくさんの人が居たでしょ？　ああいうのをひっくるめて、公衆って言うのよ、わかる？」

「あのー、口のニオイじゃあねえんですかい？」

「へえー、オイラ、物知りだわねー、さすが、人間学ってのを勉強してきただけのことはあるわねー、でもね、こうしゅうと言っても、口の臭いとは違うし、こうしゅうって言ったから、難しいことになったのかもしれないわね。大衆ならわかりやすいかしら？」

「へい、そっちなら、オイラわかりやす、体のニオイってやつでやんすよねー」

「なーるほど、確かに体臭ってあるわよねー、あははは……」

「わらえるでやんすよね」

車の中のバカ笑いが、外まで聞こえているが、幸い、この病院の駐車場は、人通りの少ない場所にあったために、本当に、ギリギリセーフだった。

「とにかく、そうだ、次は、薬をもらいに行かなきゃいけないいんだけど、また、さっきみたいなことになると困るし、どうしよう」

「がってんでい、オイラ人形になって、ねえちゃんの、その入れもんみてーなやつに、へえってておきやす」

そう言うと、確かに誰が見ても、宇宙人の人形にしか見えない。

「これなら大丈夫ね」と言いながら、ねえちゃんは、薬局に入っていった。しかし、ここでもまた、一万円札に対して、事件がおこった。

紙っきれの一万円札事件

お薬手帳も出したし、薬が出るまで長いけど、静かに座って待っていると、名前が呼ばれた。

「本日は〇〇〇円になります」

「はい、じゃあ、これでお願いします」

と、言いながらまたお財布から、一万円札を出した。薬局の人が、おつりを数えはじめた時に、オイラが、

「オウ」

と言った。

「あ、すみません、ケータイの着メロが」と、またまた嘘くさい演技をしていたが、

「まあ、犬好きだとは思ってましたが、着メロまで、ワンちゃんの声にされているのね」

と、普通に言っていたので、

「そ、そうなんですよ」

と、その場をどうにかやり過ごして、車の中に戻った。

「これから帰りますが、お金を出すたびに、いちいち叫んでたけど、どうしたの？　運転中だから、返事はできないかもしれないけどね、聞いててあげるから」

「へえ、よくぞ聞いておくんなすった。いえねー、おかんじょうのところで、ねえちゃんが、紙っきれみてーなのを、一枚出すんだがね、オイラが驚いちめーやしたのは、こっから先なんでさあ、ねえちゃんの出した紙っきれは一枚、で、つりが、何枚も出てきやして、円(まり)い玉っころみてーなのが、こう、ぶわーっと、入れもんにへえっているんでさあ、一枚が、つりになると増えるって、おいら、おったまげやしたんでさあ」

「あーあれは、オツリね、確かにツリって言うけどね。別に、お金が増えたわけじゃなくってね、逆に、使った分が、減っちゃったのよ。とほほほ、今月も病院代がー」

と、がっくり肩を落とす、ねえちゃんに、

「オツリと言うやつですかい？　おう、ツリはいらねーから、取っておいてくんな、えっ、いいんですかい、かまぁねーよお、ありがとごぜーやす、だんなー」

と、一生懸命に一人二役で話している。

「カッケーですなあ、ああ言うのが、モボって呼ばれるんでやんしょ、イキじゃやごぜーませんかい、ツリは、取っておいてくんな、ツリは、いらねーぜ、なんて、オイラも言ってみてーでやんすなあ」

そうこうしてる間に、家に着いたが、

「ツリはいらねーとか、今の時代には言わないんだからねっ」

と、また、色々なドアを開けたり閉めたりしながら、部屋に入っていった。オイラは相変わらず、すり抜けて入った。

「ただいまー」と、疲れた声のねえちゃんと、「たでーま、もどりやしたぜ」と、元気いっぱいのオイラ。

「ねえ、ちょっと聞いてよー」

と、マユミをつかまえて、今日の出来事を逐一、見ぶり、手ぶりで、話すねえちゃん、オイラも横で真似をしている。

「ふーん」と、相変わらず、無感動という言葉がピッタリの妹。

「まったく、聞いてるんだか、聞いてないんだか、やーよねえ」

「さいでげすねえ」

と、オイラの励ましが聞こえた。

「今日は、全てにおいて疲れたわー」

「ヒロウってやつでげすね」

「そう、そう、まさにおっしゃる通りで、って言いかけたけど、オイラのせいなんだからねー」

って言ったら急に、シーンとなってしまった。やだ、もうこんな時間だわ、一日が早い！　っと、独り言のオンパレードになっている。晩ご飯食べて、お風呂に入って、横になろうぜい、と、自分に言いきかせていた。

「ねえ、オイラー、居るのー？」

と、なんだか口癖のようになってしまった。

「へい、なんでげすか、ここに居るでやんすよー」

呼ばれると、必ずどこからか現れる。

「お風呂タイムよー！」

「おっ、そりゃーイキでござんすね」

　にんまりしている二人組。今ではすっかり、風呂トモになっていたのであった。あれだけ、お風呂に入るのを、面倒くせー、と、言っていたねえちゃんだったが、今では、楽しみの一つになっていた。しかも、一番楽しみにしていたのは、オイラだった。しかも、しかも、驚くことに、マユミが、プールセットのような物を、オイラのために買ってくれていたのだった。妹よ、良いとこあるじゃない、と、ねえちゃんは、湯舟で遊んでるオイラを見て、感無量になっていた。

「うっひょー、黄いれえ鳥みてえなんが、浮いてらー、この、輪っかみてーなのに、へえると、プカプカ体が浮くんですぜ、おっと、こりゃーなんですかい？」

　うわーっ、水鉄砲まであるんだ。

「それは、水鉄砲って言ってね、ここの所に、お湯を入れて、ここの引き金を、こうするのよっ！」

　と、言うが早いか、打ったが早いか、オイラの顔めがけて、お湯が飛んだ。あははは、と、お風呂場から大きな笑い声が響く。

「何すんでい、オイラ死んじまうのですか、え、うっ……」

　すっかり死んでしまったのかと、信じてしまったオイラは、そのまま動かなくなった。

「やーねえ、本物の鉄砲じゃなくって、中身は、お湯なんだから、死なないわよー」

と、あくまでも、お湯と言いきっている。なぜなら今は冬だからである。

「オイラもやりてーなあ」

「はい、いいわよ、ただし動物たちに向けて打たないこと。これは、このお風呂の中で使うこと！」

ここでも、丁寧に説明をしているねえちゃんだが、実はかなり用語が古かった。水鉄砲を、グレネードランチャー、せめて、パワフルガン、百歩譲っても、ライフル。そんでもって、引き金は、トリガーと呼ぶらしい。

さて、余談になってしまったが、ねえちゃんからその水鉄砲を渡してもらったオイラ。

「ととさんのカタキじゃー」

と言いながら、ねえちゃん目掛けて打ってきた。

「何すんのよー」

すでにお湯は冷めていた。

「冷たいじゃないのさ」

と言いつつ、嬉しそうなねえちゃん、

「そーだ、明日、もう一つ買ってこよう」

と、ヤル気マンマンになった。今度は、ボートに乗りかえたオイラ。

「ここで会（お）うたが百年目。盲亀（もうき）の浮木（ふぼく）、優曇華（うどんげ）の花、いざ、尋常に勝負、勝負ー」

と、どこで覚えたのか、ねえちゃんに、戦いを挑んでいる。しかも、上手にボートに乗って立っている。

「あははは、多勢に無勢、せっしゃの負けでおじゃる。あっはっはっ、して、それがしの名は、なんと申されるのか」

つい、ねえちゃんの声に、熱が入った。たびたびで、申し訳ないけれど、お風呂場というのは音が響く場所なのである。

マユミが、近所の人に会うたびに、「あんたのお姉さん、大丈夫なのかい?」と、聞かれていたことを、マユミは、ねえちゃんに、言っていない。なぜ、そのことをねえちゃんに伝えないのかは、マユミにしかわからないが、たぶん、いちいち伝えるのが、面倒くさかったらしい。

今宵のお風呂場も、ねえちゃんの笑い声が、猛獣の雄叫びのように、外には聞こえていたようだ。マユミの気苦労も知らずに。能天気な笑い声に、冬眠中のカエルが驚いたのか、「ケロッ」と一度、鳴いたように聞こえた。

パソコンとスマホと死語の世界

「ねえちゃーん、ちょいとここへ、来ておくんなせい」

と、ションボリとしたオイラの声が聞こえてきた。

「オイラー、何よー」

と、ねえちゃんが慌てて、オイラが乗っているテーブルのそばにやってきた。

「よくぞおいでなすった」

「オイラが呼んだんでしょう」

「えへへ、さいでやんした」

「んもー、私だって忙しいんだからね！」

と、威張っていた。

ちなみに、忙しい、忙しいと、口癖のように言う人は、たいてい暇みたいだそうだ。

「それで、今度は、どうしたのよー」

「へい、それなんでげすが、マユミがよお、パソコンてやつですかい？　それと、その小せー手のひらに乗るくれーの、板っきれみてーなのばかし見てて、オイラと口を利いてくれねえんでやんすよ、オイラきらわれちめーやしたでやんすか？　赤フンも、まだ作ってもらってねえでやんすし」

本当に、悲しそうな声になっているが、赤フンの言葉には、計り知れない力がこもっていた。

「あっ、そうそう、赤フンね、マユミに言うのをすっかり忘れてたわ、赤フン、忘れないように言っておこう」

「ぬゎにを一人でブツクサと言ってやんすかい？　オイラにも聞こえるように、さあ、さあ、さあ、おう、聞かして、おくんなせい」

相変わらず長い。

「で、マユミが、口を利いてくれないのね？」

いつものことなんだけどなあ、これをどう説明するのか、難しいわよね。悩んだあげくに、

「パソコンって、もちろんわかるわよね？」

「おう、もちのろんろんでげさあ」

「でね、その小さい板っきれみたいなのが、スマートフォンって言って、略してスマホって呼ぶのよ、これは、パソコンのミニチュア、あっ、ミニチュアって言っちゃったわ、どうしよう、また質問されちゃうわ、ミニチュアって、本当は何かしら？」

「おっと、ねえちゃん」

「ほーら、キタキター」

「スマホの続きは、ねえんですかい？」

「ミニ、えっ、スマホ？　そうそう、スマホの説明をしてたんだわ」

　この、ねえちゃんってのが、今時、パソコンも使えず、スマホも、通話くらいが精一杯な人間でして、さあ、スマホの説明をどうするのか？

　実は、オイラの国には、スマホというのは、すでに時代遅れになっていて、オイラも、形を見たことはあるけれど、使ったことがなかった。そのことを、ねえちゃんには内緒で、暇つぶし的な気持ちで、説明を聞いてやろうと思ったが、落ち込んでいなきゃいけない、複雑な顔つきになった。

「やだー、そんな難しい顔つきで、こっち見ないでよー、恥ずかしくなるじゃない」

　確かに、最先端テクノロジーの中で暮らしている宇宙人に、ねえちゃんが、説明できるはずがない。ろくろく、スマホも使えないのに。

　それに反してオイラは、ねえちゃんのオロオロした姿がおもしろいらしく、徐々に、落ち込んでいたことや、マユミが口を利いてくれなかったことと、赤フンのことを忘れはじめていた。

「いよっ、ねえちゃんのスマホ談義ってやつを、オイラにちょっくら、聞かせておくんなせえ」

と言うなり、お気に入りの椅子を引きずって腰かけた。ちなみに、この椅子も、マユミが買ってくれたらしい。どこで覚えたのか、オイラは拍手をして、指笛まで吹いている。

「もー、静かにしてよね、ワンコたちが、起きちゃうじゃない」

「みなの衆、ご静粛にねげえますぜ」

かなり舞い上がってきたオイラに、

「スマホというのはですね」

「よっ、ねえちゃん日本一っ」

と、またオイラは、一人で盛り上がっていた。お酒でも飲んだのかしら？　などと考えていると、

「スマホがどーしたんでい」

と、オイラがヤジを飛ばしている。

「いやー、うふふ、スマホってね、今の時代の人間は、ほとんど持ってるのよ。しかも、アレね、そうそう電話も、これ一つでかけられてね、映画とかも観れるらしいわよ。それでね、手紙を出す人が減ってしまってね。あ、まずい、手紙って言っちゃったー。また質問されるかなー」

と、そーっとオイラの顔を見たら、何やら違う所を見ている。今の説明でわかったのか

しら？　不安に思ったが、

「へえ、とどのつまりは、便利なんでやんしょ？」

と、素っ気なく言われたが、スマホを便利に使えないねえちゃんには、オイラの生返事みたいなのが、ぐさっと心に刺さった。

「あっ、そうそう、マユミよね？」

と、思い出したようにオイラに聞いた。

「へえ、思い出してくれて、ありがとでやんす」

「ありがとうかぁー」

ものすごく感動するねえちゃん。

「オイラも、ありがとうって言葉の使い方がわかってきたんだね」

心なしか、ねえちゃんの目がウルウルしている。

「イマドキの人間って、めったにそういう言葉使わないのよ、まさに、死語の世界だわねー」

「しごって、やけにこえーでやんすね、あっちの世界のことばでやんすか？　使わなくなったら、マユミみてえに、口を利かねえんでやんすか？」

「いや、マユミは、今は、こっちに置いておいて」

「マユミをどこに置くんすかい、マユミを返せー、マユミ、マユミ」

と叫びだすオイラ。

「ちょ、ちょっと、置くってのにも、色々な意味があってね、今は、とにかく死語の話をしましょうね」

「そうでげすねえ」

「死語ってね、イマドキの人間は、言葉を短くしちゃうみたいでね」

そう言いながら、何やらペラペラと薄い本をオイラに見せて、

「元来、これは、取扱い説明書って、立派な名前があるんだけど、さっきから言ってるイマドキの人間はね、これを短くして、トリセツって言うのよ。他にもね、お疲れさまが、オツ、あーなるほどね、が、アネ、とりあえずまあ、が、トリマ、好きが、スコ、で、とどめに、明けましておめでとう、今年もよろしくお願いします。は、アケオメコトヨロ、よー。ちなみに、ありがとうございますは、アザーッス、ひどくなると、ザー、とか、全くついていけないでしょう？」

オイラの大きな目玉が、クルクルしている。

「説明してる私も、何が何だか、チーッス、って何なのよ、時々、日本語の映画観てても、画面の下に、字幕が出ることもあるのよ、で辞書ってのも、だんだんと言葉が新しくなるにつれて、分厚くなるし、重たくなるわけよ」

「ねえちゃんの持ってる本の、一番重てえやつでやんすね、オイラあれだけは動かせなか

ったでやんすよ」

「あーそうだったの、あれね、古すぎて、もう使ってないんだ」

「何千年くれー前のでやんすか？」

「やーねー、そんな前から生きてないわよ、数十年ってとこかしら？」

「ほー、数十年もすりゃー、言葉も変わるんですかねえ、言葉って奥がふけーなあー」

「そうだ、あの辞書は、もう使わないから、オイラにあげるわよ」

「ほっ、ほんとですかい」

「ウソなんてつかないわよ」

「だが、赤フンのことを、まだマユミに伝えてねーでやんすよねえ」

オイラは、まだ、赤フンにこだわっていた。

「ウソと、それは別なのよー」

ねえちゃんの話は、聞いてない。

オイラは、テーブルの上で、さっそく辞書を読みはじめた。マユミが、いつの間に作ってくれたのか、かわいらしい布団セットの上にうつ伏せになって、肘をつき、足をバタバタ動かしている。なんだか人間みたいだわ、と、ねえちゃんは愛おしく思ってしまった。

「そうそう、マユミのことだけどね」

と、オイラに話しかけた。

「おう、オイラが本を読んでいるのが、オメーさんのマナコにゃあ、うつってねえんですかい。今は、まだ、『あ行』って、とこなんですがねっ、先がなげーやね、ジャマしねーでおくんなせい、おっと、そうでやんした、マユミの話でげしたねぇ、オイラも忘れるとこでした、よう、思い出してくれたでやんすね」

などと言いながら、布団をたたみはじめて、椅子に座り直した。ここまで来るのに長いこと長いこと。

「いやーね、マユミがよー」

と、話題を戻すオイラ。

「マユミはね、いつものことなのよ、気にしなくても、嫌われてなんてないから大丈夫よ、まったくー、勉強してんだか、遊んでんだか？　マユミは、パソコンや、スマホの無い時代に行ったら、きっと生きてゆけないわねー」

「なら、オイラの国へ、マユミを連れて行きやしょうかい」

「いやー、今、連れて行かれると困るんですけどー」

「ねえちゃんが困るんですかい？　そりゃー聞きずてならねえなあ。オイラにも、ちーとこの、小耳に、聞かせはくれぬかいなあ」

「はいはい、耳は取らなくていいからね、だけど、話がわかるかしら？　予約録画を、どう説明しようかしら？」

「ぬ、ぬ、ぬわーに、おぬしは、ヨヤクロクガというふてえヤローのために、マユミが必要なんでやんすね」

そうなのだ。このねえちゃん、テレビと、ビデオは、観れるのだが、あとの操作が、何にもできないのであった。しかも、予約録画のためだけに、マユミが必要と言いきる度胸、本来なら切腹か、打ち首か、といった感じではないだろうか？

「確かにちげーねえ、ねえちゃんのおっしゃることはごもっともでござる、ヨヤクロクガってヤローと戦うんでござるな、オイラにゃあ、たちうちができねえでやんす」

めずらしく、予約録画の説明を聞いてこなかったオイラに、ねえちゃんは、安堵の息をそっと漏らした。そして、オイラに聞かれていたことのもう一つを思い出したが、これは別に聞かれていたわけではなく、単に、ねえちゃんが、オイラに聞いてほしかったのだ。

「あのねえ、オイラ」

「なんでやんすか？」

だいたい会話の流れが決まってきた二人。

「今の時代はね、だいたいが、みんな、マユミみたいなのよ、もちろん、体の不自由な方もたくさんいらしてね、お話ししたくてもできない方々も、たくさんいらっしゃるのよ、でもね、ここからが本題で、口っていうのが、ここにあるじゃない」

と、人差し指で自分の口を指してみる。

「オイラのは、もう、指で刺さないでくだせーまし」

「もう、刺さないわよ、でね、せっかくたくさんの言葉があってもね、みんな話さないのよ」

「口チャックの拷問ってーのを、されちめーってるんですかい」

「あはは、そうじゃなくて、メールとか、ラインとかというのを、スマホやパソコンから送信するのよ、まあ、文字を打つのが面倒くさい人たちや、できない人たち、急ぎの用がある人たちは、電話で話をするんだけどね、これも前に話したけど」

「タイシュウってやつですかい？　そうそう、オイラは、ちーとばかし、ここのできが違うんでさあ」

　と、自分の大きな頭をツンツンしている。

「そうなのよ、大衆の前ではね、マナーモードか、もしくは、電源を切らなくちゃいけないのよ、おっと、スマホのね」

　と、つけたした。また電源がどうとか聞かれたくなかったのだ。

「デンゲンって、何なんすか？」

　言ってるそばから聞かれている。まったく、困ったねえちゃんだったが、

「スイッチってわかる？」

　と、恐る恐るオイラに聞いてみた。

「へい、ちょろいもんでさあ、ピッてやるやつですね」

なんともあっさりと言われた。

「ピッ、でわかるんだー、言ってみるものねー」

と、感心している場合ではない、続きがあるのだ。

「えーっと、大衆は、オッケーね、ピッ、も、大丈夫ね、そうそう会話ね」

「何をさっきから、一人でぶつくさ言ってんでやんすか？　ピッ、の続きからじゃあねえんですかい？」

そうだった、ピッ、の続きだった。

「だから、ピッて切るのよ。あ、でも、マナーを守らない人もいるわね。時々、歩きスマホ……トホホ、またこっちから、言ってしまったわ、なんでい、スマホが勝手に歩くんですかい、とか、絶体絶命大ピーンチッ！」

「何、一人で遊んでるんですかい？　ぴんちがどーとか言ってやすがね、歩きスマホってやつは、オイラ嫌というほど見てきたでやんすよ、あやうく、踏みつぶされそうになったでやんす、おまけに、火のついた棒っきれみてーなので、黒焦げになりそうでやんした」

微妙に、怖い顔になりつつあるので、また、話題を戻すように、ねえちゃんは頑張ってみた。こんなことで頑張るのも、おかしな話だが。

「そーそー、マナーよ、マナー。オイラの国にも、マナーってあるでしょ？　言葉を換えれば、ルールみたいなものよ」

「あるでげすよ、ルールをやぶるやつぁー、ふてーやろーでい。おう、オイラがちょいと、お縄（なわ）にしてやるでやんすよっ」

　いつも通り、いちいち長いのだが。

「そうそう、ルールは守らなきゃね。でね、でね、最近は、お友達同士かなー？　と思えるような人たちが、ファミレスとか、はっ、また聞かれるかも、まあいいわ、食事する所ね、と、あえて言い直してみた。でねでね、みんなスマホ持ってて、静かなのよー、会話ってのがないのよ、これってすごくない？」

「オイラの国じゃあ、当ったりめーだのクラッ……」

「えっ、当たり前なの？　普通なの？　なんで、どうして？」

と、オイラを責め立てるように聞いてみたが、

「ははーん、なるほどね、テレパシーってやつでしょ？」

と、得意げに言っている。

「かっ、かっ、か……」

まるで、鬼の首を取ったようだ。

「ほー、テレパシーって言うのですかい、オイラの国じゃあ、そうは言わねえが、そういうことにしておきやしょう、このかわいい口は、普段は使わないんでやーんす」

「あはは、自分のことを、かわいいって言っているわ、前向きでよろしい」

「ほめられちまいやした、オイラなんだか、テレくせえでやんす、前向くと、ほめられるんでやんすね、がってんでい、この先オイラは前を向いて、生きるでやんすっ」

猫背が、少し辛そうだし、頭も重そうだけど、背筋がぴーんとしてきて、猫背のねえちゃんが、逆に恥ずかしくなってきた。しばらく背筋を伸ばしていたオイラに、ねえちゃんが珍しく質問する。

食事と肺活量と睡眠ぐー（スイミング）

「口を使わないんだったら、食事はどうするの？　食べないの？」

「おうよ、して、おまいさんは、今までオイラの、何を見てきたんでい？」

微妙に怖い顔つきになりそうになったオイラだったが、

「ちょいと聞きてえんだが、その、ショクジとやらは何なんでい」

と、逆に聞き返してきた。しかも、姿勢は元に戻っていた。

大人の人間の頭の重さは、だいたい体重の十パーセントくらいあるわけで、と、突然、

「あ、私の頭って、すごーく重い、ヤバイ、だから首が痛くなるんだわ、どうしよう」

自分の世界というものに、ひたひたと浸かっていたねえちゃん。またも、話の路線から着実にズレている。

「着地失敗、さあ次は見事に着地できるのでしょうか？　ガンバレ、日本代表、なーんてね、あはは」

一人で妄想してるが、今にはじまったことではない。

「おい、ねえちゃん、何を一人で、ブツクサと、言っているんでやんすか？　今は、ショクジってやつの話を、しているんじゃねえんですかい？」

「そうそう、頭の重さから、つい、こっちにきちゃったわ、ごめんね」

「こっちって、どっちですかい？」

また説明しづらいことになってきてしまった。

「こっち、って、ここのこと、あっち、って、あっちのことで、そっち、って、そっちのこと」

ヤケクソで指を指しながら、誰もわからないであろうと思われる説明をしたねえちゃん、さすが、ネジが足りないだけある。

「なるへそでやんすね、こ・あ・そ、に、ちいせえ、『っち』ってつけりゃあ、場所のなめーってやつが、変わるんでやんすね、さすが、ねえちゃんは物知りでやんすね」

この説明に、感心するオイラもオイラだが、「椅子っち」とか、「テレビっち」とか、

「オイラっち」とか、言いながら喜んでいる。

「で、ショクジっちの話は、いつからはじめるんでやんすかっち？」

いちいち〝っち〟を使いはじめた。

「『っち』って言うのは、場所の名前だけに使うのよ、わかった？」

と、もう一度説明してから、やっと、問題の食事の話題になるのだが、実際に食べ物がないとわからないだろうと、台所から持ってきたのが〝っち〟のつく「サンドイッチ」だった。

「これは、食べ物という、名前のつくものの一つで、サンドイッチって、はっ、『っち』って言っちゃったどうしよう、場所じゃないのに、『っち』って言うんだ、ちがうものに変えてこよう」

と、慌ててそれを持ったが、

「ちょいと、ねえちゃん、おまちなせえやし、おそかりしゆらのすけ、おう、てえそう、なめたまねをしてくれたねえ、オイラをそこまでなめるとは、どういうりょうけんでい、おう、雁首それーて、全て吐いちまいなよお、オメーさんも、その方が楽になるってもんだわさあ、そーら、黙って聞いてやっからよー、さっさと言っちまいな、さあ、さあ、さあっ、さあさあ……」

と、さあが長いオイラ。

「サンドイっちって、オメーさん、言ったでやんすよねえ、その前には、『っち』とは場所の名前とも言いやしたよねえ、いってえ、そりゃあ、どういうりょうけんなんでやんすかねえ」

黙って聞くと言いながら、ベラベラ、長々、講釈を垂れてるオイラに、

「あははは……」

とウソ笑いしながら、

「教養があるってのも困るわよねー、ついつい英語が出ちゃったわー、なるべく、英語を使わないように気をつけてたんだけど、マユミがね、英語が話せるから、二人の時は、ほとんど英語で会話してるのよ、おほほほ、アイムソーリー、ヒゲソーリーなんて、オイラには到底理解できないでしょうね、いや、理解しろって言う方が無理な話なのよ、ここは、日本だし、オイラに外国語はむずかしすぎるわよね。いやーだ、私って、本当にごめんなさいね、おーっほほ、ほ」

と、高笑いしている。オイラは、ねえちゃんが居ない時には、マユミと英語で会話をしていたのだが、これは、ねえちゃんにはナイショにしておこうと心に誓った。

「おひとりで盛り上がりすぎていらっしゃるみてーだが、サンドイっち、ってのはどうなってるんでい。サンドイとか言う場所なんですかい？」

実は、ねえちゃんは英語がこれっきしもわからない。ましてや発音も、かなり怪しい。

英語の歌をうたおうもんなら、いちいち、マユミに笑われている。なので、サンドイッチをマユミが発音していたなら、オイラには、ちょべりぐ、で、理解できていた。いやー、ウソもここまでくると、高級ホテルのスイートルームの、バスタブに花びら浮かせて、喜んでいるねえちゃんが居るみたい。全く理解できない。

「ウソ八百、ウソも方便って言うやつでげすよ」

とオイラが囁いている。サンドイッチの件が、まだ終わってないのを思い出したねえちゃん、

「んー、困ったわねえ、あっ日本語ではね、挟んで食べろ、っていう名前なのよ」

かなり強引ではあるけど、なかなか良い説明に、ねえちゃんは自画自賛した。

いったい、このねえちゃんの頭の中は、どうなっているのだろうか？

「へえー、はさんで食べろ、ですかい、勉強になるでござんす。他にも、白え、太いのや、黄色え細いのや、箱ん中にへえってるのも食べてるんでやんすよねえ」

「そーそー、オイラー、よく見てるじゃない、白くて太いのは、おうどんって言って、普通は、『お』はつけなくて、うどんって言うのよ、関西とかは、おうどんさんって言う人もいるみたいだけどね」

「カンサイって何なんすか？」

ほら、出ちゃったよー。「あっ、あっちの方ね」と、西の方を指さして説明する。

「ほー、あっちの方では食べ物に、『さん』をつけるんでやんすかー、はさんで食べろさん、になるんでやんすね」

「そうそう」

関西に、UFOは行かないだろうと勝手に決めている。

「黄色で細いのは」と、言いかけて、また変なこと言ったらツっこまれるかなと考えて
「ソバ」って言うのよ。

「オイラ、ソバならわかるでやんすよ、夜鳴きソバって言うやつでやんすね。おっ、チャルメラとも言うんでやんすよね」

「よく知ってるじゃない」

「えへへでやんす」

スパゲッティの話はやめておこう。

「でね、箱に入ってるのは、お弁当。いや、弁当って言ってね、色々な食べ物が入ってるのよ」

「トウベンのまちげえじゃねえんですかい?」

「ああ、あれね、当番弁護士さんね、オイラ本読みすぎ、弁当ってのも本の中に出てくるでしょ?」

「本からベントウが、出てくるんですかい、お目にかかりてーなあ」

ほらー、またはじまっちゃった、変な汗が出てきた。

「ちょいと、ねえちゃんを、からかったでやんす」

「もう、やめてよね」

「かたじけねえでやんす」

お弁当の説明はいいのかしら？

「で、そいつを、その口に入れて、モグモグっとするんでやんすね」

「そうよ、何回も噛むと健康に良いんだって」

「して、ワンコたちは丸っけえ、小せえ玉とか、てえそうご立派な金や銀のいれもんのフタみてーなのを開けてもらって、食べてるじゃねえですかい、しかも、噛んでいやせんぜ」

「そうなのよ、ワンコたちは、体の仕組みが人間とは違うから、ほとんど噛まないわね」

「それでも、健康って言えるんでやんすかい？」

「うん、一応ね」

「地球ってのには、色々な生き物がいるんでげすねぇ」

「そうよ、地球は、みんなのものなのよーっ」

と、また、叫ぶねえちゃん。食べ物の話から、地球の話になるとは、大脱線していた。

「口は、いろんな道具になるんでやんすね」

気を利かせたのか、オイラがまた、食べ物の話に話題を変えた。というのも、オイラには言いたいことがあるらしい。

「そういえば……」

おっ、ついに来たかと言わんばかりに、

「オイラって、食事しないの？」

おー、やっと、オイラが聞いてほしいことを、ねえちゃんが、言ってくれた。

「そうきやしたか、げにげにでげすな、オイラたちは、食事というやつをしねーでやんすよ」

と、どこからか、銀色に光るジェラルミンケースを出してきた。

「ちょいと、こん中を見て驚きなさんなよ」

と、得意げになっている。

「えっ、何？　何が入っているの？」

と、怯えつつも、ワクワクした問いに、

「さーてお立ち合い、こいつあーオイラの国の、食べ物って呼ぶものでさあ、おっと、触っちゃあいけやせんぜー」

それは、アルファベットで、『HAIKATSURYO』と、書かれてある、パウチゼリーの入れ物のようだ。

「まさか、はいかつりょうなんて、読まないんだろうな、きっとむこうの国の読み方があると思うけど、どう見ても、はいかつりょうよね？」

「おう、この文字が読めるんですかい？　まさに、ハイカツリョウって言うんでさあ」

「あはは、笑っちゃいけないけど、宇宙人も、こじゃれた名前をつけたのねえ、あはは……」

よく笑うねえちゃん。

「で、それを飲むのね？」

「バカを言っちゃあ、いけませんぜい」

「え？　飲まないの？」

「ちょうどいいあんばいで、ひと月になっちまいやしたから、こいつをちょいと、いただくことにいたしやしょう」

「え？　一か月に、一度でいいの？」

「さいでげす」

「いーなあ、人間もそうなればいいのに、で、どんな味がするの？」

興味津々のねえちゃん。

「味は知らねーでやんす、ここのフタをこう取って、ここの穴に」

「えーっ!!」

かなり驚いているねえちゃん。

「なんなんすか、いちいちうるせーでやんすね」

「ごめん、ごめん、そこ、おへソだと思ってたから」

そうなのである、ハイカツリョウの口を、オヘソと思われた所へ、差し込んだのである。しかも、ここからがすごい。人間の肺活量の測り方とは、微妙に異なるが、ゆっくりと呼吸をして、息を最後まで吐き、それから勢いよく、それを吸うのであった。かなりの重労働みたいに見えたが、オイラは、なれっこのようだった。見る見るオイラのお腹が膨らんだ。またしても、ねえちゃんは「いーなあ」を繰り返している。

「オヘソじゃなかったんだ」

「へえ、人間はこいつをヘソって呼んでなさるが、オイラたちゃー、栄養分を取る穴って呼んでるでやんすよ、略して、えとあ」

今風に作って言っていた。心なしか筋骨隆々になっている。

「肺活量かぁ、いいなあ」

と、しつっこく繰り返す、ねえちゃんだった。後でちょっと味見をしようと思ったが、あのジェラルミンケースは消えていた。そういえば、オイラって、いつ寝てるのかしら？

ふと、疑問が湧いてきた。お布団セットは使っているみたいだけど、ふっと、テーブルの上を見ると、オイラが布団に入っていた。しかも、枕をしている。そっと見ようとしたら、

「なんなんすかー、なんか話ですかい？」

と、言われて、

「何でもないわ、オホホホッ。ごめんなさいね、お休みのところを」

と、言って、その場を去ろうとしたら、

「スイミングー、でやんす」

と、オイラがわけのわからないことを言っていた。

「あー、現在進行形みたいな、ダジャレを言ったのね、なるほど、マユミに習ったのね、スイミンと、ｉｎｇと、グーね、今度、私も使ってみよーっと、スイミングー、それ、スイミングー」

相変わらず、浮かれポンチなねえちゃんだった。

「おやすみー」

オイラの宝箱

「ねえ、オイラー、居るのー？」

「へえ、何でござんしょ、ここにおりやすでげす」

と、言うと、そーっとテーブルの上に登った。だんだんと、ここの家のルールがわかってきたみたいだ。

「オイラって色々な物を、いちいち珍しがって見ているから、この箱をオイラにあげるから、この中に、欲しいなーって思った物を入れて、宝箱にしたらどうかしら？」

何やら、かわいらしいフタのついた箱を、オイラに渡した。フタの上には、オイラの宝箱、と、大きな文字で書いてあった。

「タカラバコって、何でげすか？」

おっと、また、質問がきた。

「宝箱ねー、タカラのハコって言ったって伝わらないし、どう説明したらいいのかなあ？私も現実に、宝箱って持っていないし、ここはググってみようかなー、でも自分の言葉で説明したいし」

と、グズグズと悩んでいる。

「そうそう、宝箱よ」

何かを思い出したみたいだ。

「あのね、宝箱って言うのはね、一生大切にしたい物とか、ワクワクってわかるかなあ？フタを開けた時に、ドキドキワクワクするような物を入れて、それを、宝箱って言うのよ」

ついでに言うと、

「大切ってわかる？　気に入った物って言う方が、わかりやすいかなあ？」

それから、

「生きたものは、入れたらダメだからね、特に動物はね!!」

どんだけの大きさの箱かはわからないけど、オイラには理解できたようだ。

「あと、変な物は入れないでね、板とかねー」

「わかりやしたでやんす、オイラの国には、モノってのが無えでやんすから、こりゃあ、ありがてえでやんす。それにしても、ねえちゃんっておひとは、ずいぶんと親切にしてくれるでやんすねえ。マユミもでげすが」

と、人情というものがわかってきたオイラだったが、

「了解したでやんすよっ、よござんすね、オイラ、たーくさん、気に入った物があるんでやーんすっ。入れさせてもらうでやんすよっ、後で吠え面けぇても、知らぬ、存ぜぬでやんす」

また、くどくどと長いが、「後で泣き事を言われても、オイラ知らねえでやんすよっ」

と怪しげに笑いながら、スキップして、どこかに消えていった。

「いやー、あんなに喜ぶなんて、思ってもみなかったわー。まさに、一日一善みたいな感じ」

使い方がおかしいけれど。相手の人が喜んだなら、それはそれで、良しとしておこう。

何日か静かな日が続いた。ワンコたちにも平穏な日が戻ったと言っても、過言ではない。

「ねえ、オイラ居るのー？」

「へい、なんでげすか」

また、二人の問答がはじまった。ねえちゃんは、ものすごーく退屈していたのだ。

「最近静かだったから、国へ帰っちゃったのかと思ったわよー。どこ行ってたのよー、心配したじゃない、誰かに連れていかれた、とか、車にひかれた、とか」

ねえちゃんは母親譲りの、超心配性なのであった。

「あのね、私は、ものすごい心配性なのね。ワンコたちが、一日食事しなかったら、もう胃がおかしくなって、下痢をしようもんなら、死にそうになってしまうのよ」

ものすごい勢いで喋りはじめた。オイラは言葉が出ない。結局、心配性の意味が聞けなくなった。

「ところで何か探せた？」

と、宝箱の中身が気になるねえちゃん。

「ほー、中が見たいんでやんすか、気になるんでやんすよね、そこまで頭をさげられちゃあ、オトコがすたるってもんだ。よござんしょ、よござんすかい、よく見ておくれよおー」

心なしか、ニヤニヤしている。興味津々で、箱のフタを開けるねえちゃん。

一番に、ねえちゃんの目に、入れ歯がとびこんできた。

「さっすが、ねえちゃん、ねえちゃんも気に入ったでござんしょう」

「違うわよ、これどこにあったの？」

「おっと、ねえちゃんも、はじめて見る物なのですかい、こりゃー、前代未聞、びっくらこいちめーやしたか？　とくとごらんくだせいよっ」

「いやーよ、キモチ悪いし」

「はじめて見たくせに、キモチわりーと、言いなさるんですかい。そう言って、後からこっそり、取ろうと思っているんでやんしょ？　そうはとんやがおろさねえ、こいつあ、オイラの方が先にめっけたんでね、いくらねえちゃんの頼みでも、首は縦には振れねえなあ」

「頼んでもないし、いらないわよ、入れ歯なんて」

気を取り直して、「どこから持って来たのよ」と、聞いてみた。

「ほー、はじめて見たわりにゃあ、こいつの名前（なめ）えをごぞんじなのかい？　イレバっていう、みょうちきりんな、名前（なめ）えなんでやんすねえ」

「シミジミ言わなくったっていいから、どこにあったの？　どっから持ってきたの？」

「しつっこいお方だねえ、ぬすっとよばわりは、よしておくんなせーよ。話せばながーくなるんでやんすがね、ちょいとばかし聞いておくんなせい」

「おくんなせいって、私が、オイラに聞いているのに、はいはい、どうぞ」

「おう、ありがてえ。いえね、ついこねーだのことだが、近くの家を通りかかってよ、風呂場があったんで、オイラのぞいて見たんでさあ。でよっ、二本の足の間から、ちょろんと短っけえ棒みてえなのを、ぶらぶらっとぶらさげた人間ってのがよっ、口からこいつをガバッと取り出して、台の上に置いたんで、ころあいをみはからって、ちょいっと、いただいてきたのさあ」

なるほど、二本の足の間に、ってウケるわー、おもしろいことを言うのね、などと頭の中ですでに想像しているねえちゃん。

「へえ、さいでげす。ねえちゃんには、短っけえ棒がないんで、おもしろかったでやんすよ」

おもしろいの意味が二人は違っていたが、

「そのねー、棒があるのをオトコ、無いのをオンナって言うのよ」

「ほう、ねえちゃんの本当の名前(なめ)えは、オンナって言うんですかい？」

また、ややっこしいことを言いはじめた。

「本当の名前とかじゃなくってね、人間にはねっ、何がおかしいのよ、なんかニヤニヤして、きもち悪いわね、人が真剣に話をしてるのに」

「かたじけねえでござんす、いえね、前にも話をしたんだが、オイラはあっちの国で、人間学ってのを勉強してるんで、ねえちゃんが、オトコとオンナのちげーってやつを、どう答えるのか楽しみにして、聞いていたんでやんすが、レベルってのがあまりにも低いんで、つい笑いが出ちまったんでやんす」

「あーっ、私を試したのねーっ」と怒りながらも、そのことをすっかり忘れていたねえちゃん、「もーっ恥ずかしいじゃないのーっ」と、またも怒っていた。

「かたじけねえが、そんなに怒ると、疲れるんでやんすよ。怒気（どき）とも言うでげすが、ありゃー、心の臓ってのがドキドキするんでやんしょね？　それで、ドキドキ、怒気怒気って言うんでやんしょね？」

と、わけのわからないことを言いだす仕末。

「あっ」

「ど、どうしたんでやんすか？　びっくらげっちょんに、なるとこですぜい」

「そうそう、忘れてた、入れ歯の話をしてたんじゃないの？」

「おぬし、よくぞ思い出えしてくれた、ほうびをつかわすぞ。イレバは、やらぬぞよ、カッカッカッ」

「だーかーらー、そんなのはいらないって言っているでしょ、私には自分の歯ってのがありますから、カッカッカッって笑ってる場合じゃないわ、それが無いと、その人、困るんじゃないかしら？　誰かはわからないけど、食事の時に食べられないんじゃないかなあ。どうしよう、返してきなさいよ」

「イレバってやつあー、食べる時に使うんでやんすか？」

「そーよー、噛めないじゃないの」

「モグモグでやんすかい？」

「そーよ」

「噛めないんなら、いっそのみこんじまいなっ」

「やーねえ、人間が、食事中に飲み込むなんて、ヘビでもあるまいし」

しまったー、ヘビって言っちゃったー、と頭がパニックになっている。しかも、よほど物好きな人じゃない限り、ヘビを好きな人はいない。が、ねえちゃんはよほどの中に入る一人なのだ。

「あー、ヘビってね、ヘビーの略なのよ、つまり、体重が重い、そーそー、体格の良い人なら、食べ物も飲み込めるくらいの勢いがあるって、まあそういうことかしら、ほほほ」

何とか切り抜けられた感のねえちゃんに、

「ちっ、ヘビってこいつかと思ったんだが」

と、ヘビの抜け殻をつまみ出した。

「ギャー、早く捨ててよー、ダメダメー」

ねえちゃんのバカデカイ叫び声に、

「動物は好きなんじゃねえのですかい？」

と、オイラがそれをペラペラさせて、ニヤついている。

「好きなんだけど、ちょっとそれは怖いのよー」

今にも泣き出しそうなねえちゃん。

「わかりやしたぜっ、おまいさんがそこまで言うのなら、こいつぁー、こん中におさめておくわいなあ」

と、やっと宝箱の中に入れてくれて、オイラの顔を見ると、やっていた。注意する前にやってしまった。入れ歯を自分の口に入れてしまった。しかも、パクパクさせている。

「ちょっとー、オイラー、それを、口に入れて遊んでんじゃないわよ、あっはっはー」

またも、ねえちゃんのツボに入ってしまった。

「あーっはっは、お腹が痛いでしょー」

涙声になっている。また、その入れ歯を入れたオイラの顔が、あまりにも、似合っているのだ。

「ひー、よっ、よく似合っているわね」

と、バカ笑いの中で、やっと声が出た。

「あったりめーよ、オイラもそう思って、タカラバコに入れたまでよ」

「あーっはっは」

二人のバカ笑いが続く。あまりの恐ろしさに、大福は押し入れへ、あずきは台所へと、二手に分かれて逃げてしまったが、慣れてきたのか、落とし物は、しなくなった。

入れ歯は結局、オイラの宝箱におさまった。

「あらっ、コンタクトまで入ってるわ」

「ほう、こいつは、コンタクトって言うんですかい？　ねえちゃんが、時々、目ん玉にくっつけているでやんすよね？　いつもは、まんまりーものを、かけておいでなさるが」

「オイラよく見てるのね？」

いつもながら、オイラは研究熱心と言うか、好奇心の塊なのだ。

「ちょっと見てみる？」

と、得意げに、パッケージのフタをめくりあげ、オイラに見せる。

「ほえーっ、ずいぶんと、こりゃまたウスイんでやんすね？」

と言いながら、オイラが、自分の目につけようとしたが、指にくっついてしまった。

「ちょっと、タンマよ。コンタクトって人それぞれに、目玉のカーブが違うから、やたらに他人のを使えないのよ、しかも、オイラの目玉は大きいから、こんな小さいのをつけたら、どっかに行ってしまうわよ」

弾丸のようにまくし立てる、ねえちゃん。

「コンタクトってのは、タンマとも言うんですかい？　今風でやんすよね、めんたまの略ですかいね、なるのほどでやんす。なんか、カッケーでさあねえ」

完全に使い方をまちがえているが、タンマという死語を使ったねえちゃんにも、負があった。

「あー、ごめん、コンタクトの言い方は、タンマじゃあなくって、コンタクトレンズって言うのよ」

「逆に長くなっているでやんすが、タンマって何なんすか？」

「タンマねえ、あっ、そうそう、子供の時に使ってたわ。ちょいと待っておくんなせい、みたいな感じだわね」

「そうでやんしたか、タンマですねい」

「そうそうオイラも使ってみるといいわよ」

「へい、そうするでやんす。して、その、コンタクトってのは何なんすか？」

「何なんすか？　ってしらじらしいわね。オイラの国にもこの言葉あるでしょ？　アイコンタクトなーんてね」

「そうなんでやんすか？」

オイラの国のことを知らないねえちゃんを、おもしろがっていた。ねえちゃんも意味をとりちがえてるし。

「そうそう、このコンタクト、今はほとんど使わないから、あげるわよ。賞味期限も切れてるし」

　使用期限のまちがいだし、このねえちゃんの頭の中も、そうとう期限が切れているらしい。

「これね、一回、中から出して時間が経つと、乾燥して、干物（ひもの）みたいになっちゃうからね」

　自分で言って、ハッと驚いてしまった。

「今、確かに干物って言ったわよね？　まずいわ、ひものってどんなやつですかい？　何者ですかい？　とか聞かれるわよね？」

「ターンマっ」

　そらきた、すでに、タンマって使ってるし、と驚くねえちゃんに、

「ヒモノって何者ですかい？　コンタクトってやつが、ヒモノに変わるんですかい、おもしれーや」

「あっ、えーっとね、干物ってね」

　と、辞書を開いてオイラに読んで聞かせる。

「なんでも、魚や、貝を、干した食品で、昔から伝わる加工食品と書いてあるわよ、どえ

ーっ」

オイラの知らない言葉のてんこもり「どーしよう、ここには実物がないし」と、ひとしきり悩んでいると、

「これですかい」

と、オイラがセミの抜け殻をねえちゃんに見せた。ビミョーだが意味は合っているような……。

「そうそう。食べ物ではないけど、いや、アリが夏に巣に運んでたし、鳥とかは食べているわよね。いや、人間はこれを食べない。まあ、そういうものね」

と、一人で納得していた。かなり無理があると思うが。

「それ、どこにあったの？」

すっかり、開き直っている。

「ここの部屋ですぜ、たくさんあったんで、ちょいと一つばかしいただいたんでやんす、ヒモノとやらを」

「それは、干物とは言わないのよ、セミの抜け殻、もしくは、ウツセミって言うのよ、私は個人的には、ウツセミと呼ぶ方が好きだわー。ただし、食べ物ではないからね」

と、オイラに言い聞かせると、ねえちゃんが大好きなセミ談義が始まってしまった。

「あのね、セミってね、十年くらいは土の中で眠っているのよ、これだけでも素晴らしい

でしょ。その十年の間に、土の上にコンクリートってのを敷かれてしまうと、もう地上に出れなくなって死んでしまうんだけどね。かわいそうでしょ。——年々、コンクリートってのが増えてきて、セミの数が減ってしまったわ。それでも、上が土だとね、セミには自分でわかるのかしら、夏が来たら、土の中から、このウツセミのような形になって、はい出てきて、手ごろな木を見つけて、精一杯の力を込めてね、ほら、この背中の所の切れ目、わかる？　ここから、セミという形になってね、恋人っていうのかしら、相手を見つけて、羽音っていうのをこすり合わせて『ミーンミーン』という音を出すのよ……」

興奮しすぎて話がグチャグチャになっている。

「でね、一週間したら死んでしまうのよ、たった七日間よ、土の中では十年なのに、これってなんなのよねー。ワンコたちだって、一日が、人間の四日間なのよ、まったく、不平等だわ。悲しくなっちゃうわよね！　私は、セミの生き方を尊敬しているのよ、とにかく、七日の間、羽根を傷めるまで鳴くのよ」

と、説明しているねえちゃんも、感極まって泣いている。

「いやー、しみやすねえ、イキでやんすねー、セミってのは、泣けるんですねー。オイラも気に入りやしたぜ、だがなんにも聞こえてこねーんでげす、ミーンミーンって鳴くんでやんしょ」

「あっ、今は冬だからね、みんな土の中で眠っているのよ。土を掘って探しちゃダメよ、死んじゃうんだから、わかったわねー」

いつになく、熱く語ってくれたねえちゃんに、セミの偉大さが伝わってきたオイラだった。

「そうそう、ウツセミはたくさんあるから、あげるわね」

確かに、たくさん飾ってある。

「激しく動かすと壊れちゃうから、この小さな箱に入れといてあげなさいね」

と、手頃な箱をオイラに渡した。

「こりゃあ、そうとう、大切にされているみてーでやんすねえ、わかったでやんす、ありがとうでやんす」

と、きちんとねえちゃんにお礼を言った。

「セミってのも、てえへんなんですなあ」

と、箱に入ったウツセミに語りかけていた。

「あらー、ビー玉も入っているのねえ、本当によく見つけてくるんだこと」

「ほう、この目ん玉みてえにキラッキラしてるのを、ビーダマって言うんですかい？　オイラの目ん玉と同じくれーの大きさなんで、入れ替えて、ねえちゃんに見てもらおうと思いやしてね」

「もう、やめてよー、あの時、怖かったんだからね。それは、飾り物。何の代わりにもならないからあげるわ」

　オイラに何か聞かれる前に、宝箱に入れた。

「うわーっ、消しゴムまで入ってるのね。しかもこれは香りつきなのよ」

　と、ねえちゃんが鼻にあてて匂っている。

「オイラもやってみてえ」

　と横取りして鼻にあてたが何んにも匂わなかった。

「おかしいでやんす、何の匂いもしないでやんす」

　と言いながら、思いっきり鼻から吸ってみた。

「○×※△……」

　消しゴムが、鼻の中に入ってしまったのだ。しかし、鼻を上手にホジホジするとスルッと出てきた。

「怖ー(こえ)でやんすね、こいつあ、オイラの息の根ってやつを、とめようとしたんでやんすよ」

「きもち悪いことするんじゃないわよ」

　と、言いながら普通の消しゴムを持ってきた。

「ちょっと見ててね」と、いいながら、何やら紙に、エンピツで書きはじめて、それを消しゴムで消した。

「おー、おー、すげーっ、ねえちゃんは、マホーツカイでやんすか？」

オイラの目が、かなり輝いた。

「それほどでもないけどねー」と、上機嫌になり、何回も書いては消す、を、繰り返している。

ねえちゃんには、他に自慢する人がいないらしい。

「おーっ、すげえ、すげえ。オイラ、その棒っきれみてーなのも欲しいでやんす」

「ああ、これは、エンピツって言うのよ」

「エンピツって言うんですかい？　字が浮いて出てくるんでやんすね」

「浮き出るんじゃなくって、書くって言う方が正しいかしら？　書くって言っても、このエンピツを紙に、いえ、エンピツの先だわね、ここの黒いところね」

これまた丁寧な説明がはじまった。今時、エンピツを使う人もめずらしいのだが、シャープペンの説明をするのも疲れるので、あえて、エンピツにしたのだ。

「そうそう、エンピツの先が折れたり、小さくなると字が書けなくなるから、そういう時は、ナイフで削ると良いわね。はじめは怖いし危ないけど、慣れると便利よー。消しゴム、エンピツ、ナイフがセットかなあ？」

今時、エンピツ削りを使っていないねえちゃんも珍しい。

「へーっ、ケシゴムとエンピツとナイフですかい？　ナイフはオイラの国には持ち込み禁止なんでげすよ」

「ふーんそうなのね、飛行機に乗る時みたいだよね、持ち込み禁止なのね。じゃあ代わりにこれをあげるわ」

と、言って、小さなエンピツ削りをオイラに渡した。ねえちゃんは持っていたんだ。単に使っていないだけだったんだ。

「こりゃーかわいいでやんすねー」

「そうよ、これなら危なくないし、使いやすいわよ」

って言ってる本人が、なぜ使わないのか？　不思議であるが、これまた使い方を、オイラに丁寧に説明していた。

「オイラもちょっくら、何か書きてえなあ」

「ちょっと待っててね」

と言うと、ノートという、紙に線の入っている本みたいなのをオイラに渡した。

「はい、これもあげるから、たくさん字を書いて遊んでね」と言った。

「いろんなもんを出してきては、オイラにくれる、くぅーっ、泣けてきやすぜ。マホーツケーみたいなやつでやんすねえ、アニキー」

と、宇宙人の人形に話しかけている。

「もおー、やーねー」

まんざらでもないねえちゃんだった。

「そうそう、字が書けるようになったら、いつでもいいから見せてね」

と、少々エラそうに言っていた。

さて、宝箱の先を進めてみることにしよう。

「あら、やだ、これ、まさか、何？　丸まっているんだけど、もしかしてあれかなあ？やだ汚い、汚すぎるけど」

「へえ、それですかい？　そりゃーこの前、マユミが、服の中からポロッと落っことしたんでやんすよ。臭いをけえでは、また服の中へ隠すんで、こりゃー、てえそう大事な物なんだろうと、もらったんでやんすが、また、臭いがしないんでやんす。オイラの鼻がおかしいんでやんすかい？」

「あのー、すごく嬉しそうにしているところ大変申し訳ないんですが、これは鼻紙と言ってね」

はっと気付いたが遅かりし、うっかり鼻紙って言っちゃったわ。まあ、ティッシュペーパーって言わなかっただけ、不幸中の幸いってとこかしら。などと、頭の中で鼻紙の説明を考えていた。

「で、ハナガミとやらは、きったねえんですかい？　そのきったねえものを、マユミは服に大事に入れているんですかい？」

「ちっ、違うわよ、服じゃなくて、ズボンのポケットよ」

自ら真綿で首を締めている。

「そうね、一つずつ説明しましょ」

「おう、そちらさんがそう言いなさるのなら、オイラは口チャックをして、聞かせてもらいやしょっ」

「いやぁ、口チャックされたら、わからないことがわからないでしょ？」

「だまって聞いてりゃあ、わからないことを言うお人だねえ」

「はぁ、そりゃー悪うございましたね。で、何がわからないの？」

くいさがるねえちゃん。

「マユミの落っことしたもんが、なんできったねーのかだよおう」

「あー、それね」

ズボンだの、ポケットだのの話になると長くなってしまうと思っていたので、半ばホッとした。

「人間学、いえ、前にテレビの話をした時にね、鼻からも水が出るって言ったでしょ？　マユミはね、普通の人、フツーの人ってわかるわよね？　普通の人より、鼻から水が出やすいから、いつも、ポケットに鼻紙を入れているのよ。しかも、もったいないとか言ってね、使ってもすぐに捨てないのよ。汚いでしょう？」

「そうでやんしたか、鼻から出る水は、きったねえんでやんすね。鼻水ってのとは違うんでやんすね」

と、ニッコリしていた。そして、その鼻紙は、ゴミ箱にポイされた。ズボンやポケットの話題になる前に、ねえちゃんは次の話題に急いだ。

「お次は何かしらね？」

と、聞いてくるねえちゃんに、オイラが何やら自分の首のあたりを指さして、ニヤニヤしている。

「まあ、きれいな首かざりだわね」

「おうよ、この首かざりっていうやつを、マユミがオイラのために作ってくれたんでやんすよっ。おめーさんがいくら頼んだところで、こいつあー譲れねえでござんすよっ」

「別に欲しくないけど、良かったじゃない」

マユミも良いとこあるわねぇ、なんてシミジミしてしまったねえちゃん。

「で、その先についてるキラッキラしてて、珍しい形の物なんだけど、どうしたの？　はじめて見る形だわー」

「おう、なかなか、するでえとこに気がちいてくれやしたねっと、あんたもスミにおけねえでやんすねっ。ねえちゃんの見る目にゃあ、オイラいつも感心するんだが、こちとらー、今回ばけぇりは、おどろき、ももの木でやんすね」

なんだか大げさだと思いつつ、

「この首かざりの先のやつですがね、実はこりゃー誰にも言えねえんでやんすが」

と、言っているが、マユミも、大福も、あずきも、耳にタコが、たくさんぶら下がるくらいに聞かされていたのだ。

「へえー、ヒミツなんだね、わかった、誰にも言わないから」

とねえちゃんは言っているが、本当は、誰一人言う人がいなかった。

「さいでげすね」

とやけに慎重になるオイラ。

「こりゃあ、ミカクニンヒコウブッタイという、てえそうご立派な名前えがちいている、オイラの乗り物だったカケラなんでさあ」

「ふーん」

「ふーんって、それだけですかい？」

「あっごめんね、そのミカクニン何とかって、UFOよね？」

「ここの国ではユーフォーって呼ばれているんですかい？」

「そうよ、で、カケラって言うからもっと大きな物かなー？　って想像しちゃった」

「ねえちゃんの思っていなさる、カケラとやらは、いってえどれくれーの大きさなんですかい？」

「これくらいかなあ」

と、両手を横に大きく伸ばした。

「ひえーっ」

「そんな大きなのを、こっちじゃカケラって呼ぶんですかい？」

「UFOのカケラだからって思っただけよ、でもねえ、よくそのくらい小さいのを見つけられたわねえ」

「へっへっへっ、こりゃ話が長くなるんですがね、オイラが、ミカクニンヒコウブッタイを……」

「確かに長いわね、ユーフォーでわかるわ」

「ちっ」と言ってオイラがにらんだので、ねえちゃんは、口チャックする真似をした。

「どこまで話しやしたかね？　その、ミカク、いや、ユーフォーでげしたね。うっかり、もう一体のユーフォーと、ぶつかっちめーやしてね、あやうく、落っこちそうになったたんでやんすが、マルヒのマルヒが、こうなりやして」

「って、マルヒ、マルヒじゃわからないじゃないのー、どあーっ」

「なっ、なんなんでやんすか」

「あわわわ、そーだ、私見た、見てた、ぶつかるの見た。やっぱりあれユーフォーだったのよね、映像もバッチシ残してあるわよー。そうよ、やっぱり、ユーフォーっているのよね、これは、ドローンだとか言われて、誰も信じてくれなくてね。まさかね？　になるところだったけど、自分を信じて良かったわ。ふーん、あれにオイラが乗っていたんだー。超カンゲキーって感じ」

異常に興奮している。おまけに踊り出してしまった。

「あっ、ＵＦＯ壊れちゃったの？」

オイラの話をあまり聞いてなかったのか？

「こんくれーのカケラで壊れるしろものじゃあねえが、誰かに見つかると、てーへんなことになるんで、すぐに探したってわけでさあ」

「でも、そんな小さいのを、よく見つけられたわねえ」

って話が元に戻りかけていた。

「そうか、私が見てた時、オイラも私を見てたのねー。それで、見とれてて、ぶつかったのねえ、うふふー」

いつになく、プラス思考になっていた。事実は小説よりも奇なり。

「そうそう、大福と、あずき、オイラの首飾り見て、うらやましがってなかった？」

「そんなこたーねえですぜい。ワンコたちは、首につけるのが嫌だと言ってやしたぜ」

「なにがマルヒよ、しっかり見せびらかしたくせに。だけど首輪を嫌がる理由がこれではっきりと証明されたわねー、やっぱりねー、そうだろねー」

と、歌いはじめてしまった。

「で、お次は？」

この二人は、いつまで宝箱の話を続けるつもりなのだろうか？

「へえ、次は、こいつですぜい」

そう言うと、本が積んである所に行き、一冊の本を指さした。

もう誰にも止められなくなってきた。

「ねえちゃん、オイラ欲しい本があるんでやんす」

「あ、宮沢賢治様の雨ニモマケズね。私もこの詩大好き、後でオイラのノートに書いてあげるね」

「うれしいっす」

「ただ解説は大きな声でできないから、後でナイショ話でね」

当たり前のことだが、宮沢賢治様の、この詩を語るほど、ねえちゃんは勉強をしてきていなかったのだ。負けるな、ねえちゃん。

同じ日は二度とない、時は待たない、誕生

毎日毎日、バカ笑いをしていても、時は過ぎる。当然、この二人にも、時間というものは、止まらない、待ってはくれない。

冬眠中の生き物たちが、眠りの中で、ゴソゴソ、ボッボッと、動き始める季節がやってきたのであります。

庭で何やら一人で叫んでいるねえちゃん。本当に叫ぶのがお好きらしい。

「みんなーっ、ちょっとここへ来てごらんー」

と、マユミと、オイラに手招きしている。

「なに？」

「なんでげすかい？」

「ワン」

「ワン」

と、大福と、あずきもやってきた。返事が和音のように聞こえた。鶴の一声とまではいかないが、一応みんなその場に揃った。

「ちょっと、これ見てよ」

と言ったが、大福とあずきは、別々なことをしはじめた。

枯れた紫陽花の一本の枝を指差すねえちゃん。

「うっひゃー。これは、何なんでげすか？　動いてやすぜ」

小さなカプセル？　と、呼ぶべきだろうか、本当に小さな玉から五ミリにも満たないほどの生き物たちが、キョロキョロ、モゾモゾしながら出てきた。

「かわいいでしょ？」と、オイラに聞いてみた。

「おうよ、いなせだねえー」と言いながら、それをガン見している。

「これは、カマキリの赤ん坊なのよ」

「普通は、怖がるくせに」と、マユミが偉ぶって言っている。

「それは、カマキリが大きくなったらの話でしょ」

ねえちゃんは、本当は虫が怖いのである。ただ小さいのは、かわいいと言う。変人だった。

「おう、でっけーって、どんくれーの大きさになるんでい」

オイラは、今ではコドモとオトナを理解できている。

「センチメートルってわかる？」

と、つい聞いてしまった。まずい、センチメートルの説明は無理と、頭の中がパニックになってしまった。それを無視するかのように、横でマユミがオイラに説明している。しかもこれ見よがしに英語で。おまけに、カマキリの呼び名まで、英語で教えている。

「ほーっ、たいそうお仲が、およろしいことで」

と言いながら、ひたすらカマキリの様子を見ている。実は、ねえちゃんは、生まれてこのかた、カマキリの誕生を見るのは初めてだったのだ。

余談になるが、カマキリの赤ん坊の誕生に出会えると〝新たな希望〟というメッセージが伝わるそうである。また、カマキリは別名〝祈り虫〟とも呼ばれ、幸運が迫っている予兆とも言われている。どんな生き物たちにも、命というものがあり、それを大切にしていきたいと思う。

さて、ねえちゃんは、相変わらず、カマキリの赤ん坊たちを見ている。

「二百匹はいるはずよね。だけどこんな小さいと、全部生きられないんだよね。他の虫に食べられたり、色々あるのよね。大人になれるのは、良くて、四パーセントくらいなんだって。しかも、二回も脱皮するんだって、脱皮ってわかるわよね、セミの抜け殻みたいなものだけど。そう言えば、カマキリの抜け殻を見たことがないわねー」

と、一人でカマキリ談義に花を咲かせている。しかも談義とやらは、まだ続くのだった。

「でね、二回目の脱皮で、オトコと、オンナが、決まるんだって、それで最終的には、卵を産むための栄養が必要になったオンナが、オトコを食べるらしいんだけどね、なんだか切ないわねえ」

　と、シミジミしていると、

「ひえーっ、オンナがオトコをくっちまうんでやんすかい。モグモグでやんすかい？　ねえちゃんも、カマキリのオトコをくったことがあるんでやんすかい？」

　と、恐る恐るねえちゃんに聞いて、

「やばいでやんすよ、はいそーでげすよ、とか言われちまった日にゃあ、オイラ、もうここには居られねえでやんすよ」

　と、一人でブツブツ言ってるのが、ねえちゃんには聞こえていた。しかしオイラは大人のカマキリを見たことがない。だから余計に、ねえちゃんが、カマキリっていう、でっけー生き物を食べている姿を想像してしまった。

「そんなことしねーでやんすよ……ね」

　と、オイラは想像している姿をかき消すように、大きな声で叫んでしまった。

まあ、それにしても、似た者同士なのか、どいつもこいつも叫ぶのが好きみたいだ。

「えっ？　何をしないの？　まさかとは思うけど、食べるとか考えてたりして、あはは、食べないわよ、やーねえ」

　と、マユミと二人で笑っていた。

キョロキョロ、チョロチョロ、そんな話はおかまいなしの、カマキリの赤ん坊たち。

と、突然ねえちゃんが「生きてゆけー、生きるんだよー」と、赤ん坊たちにエールを送りながら、また叫んだ。

「ねえちゃんは、カマキリと話ができるんですかい？」

と、オイラが不思議そうに聞いてみた。

「いやーねえ、話せるわけないわよ、だけどね、なんだか生き物たちとか、動物たちを見るとね、自然と応援したくなっちゃうのよ。野生の王国とか、泣けてきちゃうでしょ？」

と、ひたひたに自分の世界に浸かっていた。

「あのね、ねえちゃんって、いつもあんなでね、まいどのことなのよ、そっとしておいてあげましょうね」

と、マユミはオイラに伝え、自分の部屋に戻ってしまった。

オイラとねえちゃんは、しばらくカマキリの誕生を見ていた。大福と、あずきは、すでに自分たちの布団で寝ている。オイラはいきなり「生きてゆけー、生きておくんなせー」と叫びながら、拳を握っていた。

ほころび始めた梅の蕾（つぼみ）が驚いたように、ふわっと一輪咲いた。

「生き物たちも、全てひとくくりにして、花は枯れてゆき、虫たちは卵を産んでは死んでしまうけれど、誰にも言われずでも、その季節になると、咲いて、産まれてを、繰り返していくのよねー。もう、まさに一所懸命って言葉がぴったしなのよね。それにくらべると私はどう？　何だか、何にもできてないみたいでしょ？」

「あいな、ちょいと待っててぇおくんなせい」

「あいなって何？」

「いや、かけ声みてぇなもんですぜっ。ねえちゃんはよっ、オイラより物をよく知ってい なさるしよ、オイラにてぇーくさんの物をくれなすったじゃあ、ありゃせんかい」

「まあ、オイラ、励ましてくれるのね、ありがとね。オイラにそう言われると、何だか元気が出るわ、元気印！」

相変わらず、死語だとは知らず使う、ねえちゃん。

「えへへ、でやんす、オイラはゲンキジルシなんでやんすね」

庭からバカ笑いが聞こえてきた。これから、この二人、いやみんなに何が起きるかなんてわかるはずはない。

「明日は、明日の風が吹くのさっ」

とオイラが呟きながら部屋に入った。

「そーよね」と言いながら、ねえちゃんも後に続いた。

「それにしても、毎回オイラは気取っているよね？」

「そーでやんすよ、オイラはモボでやんすからよっ」

と言いながら、鼻の下を掌でこする、てやんでいポーズをしている。

いつの間にか、夜になっていたが、二人のバカ笑いが止まらない。相変わらずのお笑いコンビに、冬将軍が、荷造りを始めた。

別れかもしれない別れと一期一会

「ねえ、ねえってば、近頃オイラ元気ないみたいだけど、ハイカツリョウ、ちゃんとお腹に入れてるんでしょうね、心なしか、お腹がずいぶんと引っ込んでいるみたいだけど、大丈夫なの？」

「そんなこたーねえですぜい」と言って、「腕だってホレ、この通り」と上げようとしたが上がらなくなっていた。

「ありゃりゃー、オイラとしたことが、おっかしいでやんすなあ」

「あら、腕が上がらないの？　まるで四十肩みたいだわね」

「四十カタってどんなんですかい？」

ねえちゃんは、オイラが質問してくることくらい、すっかりなれっこになっていた。

「四十肩ってね、四十代の人がかかる現代病みたいなものね」

と言い切った。

「そうなんですかい、オイラはこう見えても、二百歳は過ぎているんで、二百歳カタって言うんでやんすね。そういやあ、ハイカツリョウを、ハラに入れる時も、てんで力がへえらねえんで、時間がかかっちまいやすぜ。体もミョーにけったるいんでやんすよ」

「そうよねえ、わかるわー、人間もね、年を取ると、体がガタガタって感じで、あちこちが痛くなってねー、何をするにも、面倒くさー、よっこらしょっ、みたいになるのよ。うん、わかるわ、私は二百歳ではないけどね」

二百歳過ぎてるって、人間の数えで二百歳なのかしら。などと、ねえちゃんがブツブツ言いながら悩んでいた。

「何を言っているでやんすかい？　二百歳っていやあ、二百年でやんすぜ。今に、ジュミョウってやつが来るんでやんすよっ」

「へえー、宇宙人にも寿命ってのがあるんだ、命の尊さを感じるわー」

「もちのろんろんですぜ、ジュミョウってのがきたら、人間とおんなじで、死んでいくんでやんすよっ」

命の死というのをたくさん見てきたねえちゃんは、「いやだーっ」と悲痛な声で叫んだ。

「ねえちゃんてお人は、どこめーでも優しいんだねえ。だがね、いっくらねえちゃんが嫌だと泣いてすがっても、へへっ、こればっかしはー、オイラにゃあ、おう、どーすることもできやしねえ。ほれ、あれだっ、ねえちゃんの、おとっつあんも、おっかさんも、じいさんも、ばあさんも、そのまたそのまた……。おまけと言やあ、てえそうご無礼だが、ペットたちもみーんな死んでいったじゃありゃせんかい？」

「いやだー、いやだー」

と、とにかく泣いている。

「いやだー、と申して泣かれていやすがね、オイラ今は、まだ生きているんでございやすが、どうせ死ぬんなら、おう、テメエの国へけえって、死にてえんでございやす。いや、そうしなけりゃーいけねえんでございやす。ワケを聞いちゃあヤボってもんですぜ、モボがヤボってね」

ねえちゃんに笑ってもらえると思ったが無視された。

「それでも帰っちゃうんでしょ、出ていっちゃうんでしょ。もう会えないの？　二度と会えないの？」

「そうでやんす、ねえちゃんとだけじゃなく、みーんなに会えないんでやんすよ。なあ、会うは別れのはじめ、別れは会うことのはじめなんだからよお、そんなになげいてもらうと、オイラ困っちめえやすでげすよお」

と言っている、オイラの赤フンがヒラヒラ揺れていた。

「いやだー」と泣き叫ぶねえちゃんのそばに、大福と、あずきが心配そうにやってきた。

「そーら、ねえちゃんが泣いて騒ぐもんで、ワンコたちが驚いちまってらあな」

オイラの小さな背中が揺れている。ねえちゃんの、いやだは止まらない。

「オイラだってよ、ねえちゃんと別れるのは、身を切られるくれーにつれーよお。おう、オイラをどーか、泣かさねえでおくんなまし」

心なしか歌舞伎調子になっている。ここで、舞台上手（かみて）でバタバタッと、ツケが鳴って、飛び六法でも出るとまさにその世界だが。「じゃあどうすればいーのよ」と、現実は、こうなる。

「そーさなあ、おう、なるへそ、ちょっくら、ねえちゃんに聞いておきてえことがあるんだがよっ」

「なっ、なあに？」

目を真っ赤にしているねえちゃんが、オイラを見た。

「なんかこえーつらに、なってるでやんすねえ」

と言って、話を進めた。

「ケンタイのことなんだがよ。ねえちゃん、ケンタイってのに、申しこんだかなんだとかって、マユミから聞いてよ。そこんとこに入（へ）えってた、トリセツってのをめっけて、マユミに読んでもらってよぉ、オイラびっくらこいたねー」

「全く、マユミも余計なことを話すんだからー」

「おう、マユミを叱るのは、おかどちげーってもんでやんすよっ、オイラがめっけたんでやんすから」

トリセツというのは、ちょっとオカシイが、うすっぺらい本を、オイラは全てトリセツだと思っていた。

「しっかしねえちゃんも、ずいぶんと思いきったもんだねえ」

「そう？　そうね、それでも私が死んでもね、この体を、誰も引き取ってくれる人がいないしねっ」

「おっと、そいつも聞きずてならねえやなあ、人間ってのは、死ぬと誰かがそれを引き取るのかい？」

「そうよ、それで、火葬所って所で燃やされてね。って、オイラ、人間学で習ってないの？」

と、逆に聞く。

「そんなこたー、ねえですぜ。習いましたがね、人間ってのは、わびしい生き物でやんすよねぇ、このねえちゃんを、誰一人引き取ってくれねえとは、なさけねえ。しかしよー、ねえちゃんには、マユミがおりなさるじゃあねえですかい？」

「あー、確かにねえ、でもね、姉妹って言ってもね、いつまでも一緒に生きられないのよ。マユミには自分の人生ってのがあるじゃない、夢もあるだろうし。特に、ヨボヨボになった私の世話なんて、ずぇーったいにしないって言い切ったのよ、身内なのにね、冷たいでしょ？」

「ほう、ミウチとやらは、てぇそう、つめてーんでございやすね。そこまでもハッキリと言い切るんでやんすね。切腹みてーなんでやんすね」

なぜか嬉しそうなオイラ。

「なら、ねえちゃんの体を、そっくりそのまんま、オイラにおくんなせーやし」

「へいそうでげすか、なーんて、そうは問屋（とんや）がおろさない」

「あきれケエルのほっかむり」

「敵もさるものひっかくものー」

「恐れいりやの鬼子母神（きしぼじん）、とくりゃあ」

「旅は道づれ世は情け、よねえ」

かなりの脱線自己調子。相変わらずの、弥次さん喜多さん。

「おくんなせー」からが長くなってしまった。

「はいどうぞ、と、あげたいのだけど……」

「おう、いただけるんでやんすね」

「まだ話の続きがあるのよ、ホネを折らないでよね！」

と、ねえちゃんは言っているが、コシを折らないでのまちがいである。

「あのねー、私も、まだ生きているの。献体って言うのはね、死んでしまってからの話なのよ。マユミに、トリセツを読んでもらったんでしょ？」

「へーい、読んでもらいやした」

「じゃあ、いいじゃない？」

「ちっ、ちがいやすぜい。オイラの話はこっからが、おう、本題なんですぜい。耳のアナかっぽじって、よーく聞いておくんなせいよお」

「はい」と、ねえちゃん。

「オイラ、ねえちゃんが生きているうちによ、オイラの国に行こうと言っているんだよお」

「えーっ、連れてってくれるの？　だけど今は行けない！」

「なんでやんすかい？」

「大福と、あずきを置いては、どこにも行かないって決めているの」

「おう、おう、ねえちゃんも、なかなかガンコなお人だねえ、いやね、オイラーよお、ねえちゃんがあまりにも出かけねえもんで、前ぇに言われたのが、ねえちゃんの仕事だと思っちまったんでやんすが、マユミに聞いてみるってーと、どーでい、ありゃあ仕事とは言わなくってよ、ひまーつぶしてるとかなんとか、すっかりダマされちまってたことに気付いたのさあ、おめえさんてのも、おう、ずいぶんな役者だーねえ。大福と、あずきのためによお、オイラ、ホロリときてしめーやしたのさあ」

「あらあ、マユミとしっかりと話しているんだ。口を利いてくれないとか言って騒いでたのに、あっ、カマキリの時も話してたわね、まあ良いわ、マユミが何を言ったか、オイラがマユミに何を聞いたか知らないけどね、とにかく、大福と、あずきはね……」

「おっとねえちゃん、ヤボなことは、お互(たげ)えに言いっこなしにしやしょうぜ」

「ヤボってものでもなくて、大福と、あずきは宝物って言おうとしただけなんだけど」

「そうだしょうー」

「だしょう?　って何?」

「そうでやんすよ、今までの、ねえちゃんを見てたらよっ……」

　と、オイラが言いかけて、またねえちゃんが話しはじめた。

「でね、オイラも私の宝物なのよ」

「おっと、それ以上言われやすと、オイラの目ん玉からよ、涙がこう、どばーっていうんですかい?　どばーで、ポロっと目ん玉が取れちまうでやんすよ」

「じゃ、言わない、怖いから」

　特に続きもなかったけど、

「えっ、えー、言ってくれないんでやんすかい?」

「だってー、目玉が取れるんでしょう?」

「へっへのへーでやんす、そんなに、まいどまいどは取れねえんでやーんすー」

「ん、もー」

なかなか肝心な話に進まない、相変わらずの二人だった。

「で、なんだったっけ？」とねえちゃんが思い出したように話をきり出した。

「へえ、そーでやんした、オイラ考えたんでやんすがね、こうしたらどうでやんしょう、みんなでオイラの国に行くっていうのは、イキじゃあございやせんでしょうか？」

なかなか良い考えに、「うわー、ステキ」とねえちゃんの瞳が、キラキラしている。

「それでマユミは行くのかしら？」

オイラの顔色が、少しどんよりした。

「実はオイラ、この前ぇマユミに、この話をしたんでやんすよ」

「えーっ、私より先に？」

「へえ、ねえちゃんは泣き虫ヤロウの変わりもんなんで、マユミが話にならないと言うんで、何か名案はねえものかと聞いたんでやんす」

「当たっているー、一等が当たっちゃったわよー、ってよろこんぶ、あはは……」

オイラは話の先が続かなくなったが、「オイラが話をしてよござんすかね？」と浮かれているねえちゃんに一応聞いてみた。

「お次の番だよ、はい、オイラ」

まだ、浮かれていた。

「へえ、マユミは行かないと言いなすったでやんす」

浮かれてたねえちゃんの動きが止まる。

「えー、なんで、どうして、イヤなのかなあ、あの人、バカがつくくらい高い所が大好きなのにー、なんで、なんで、なんでかなーあ、なんでかなーあ」

と、また急に歌いはじめた。呑気に歌っている場合ではない。ここは本来なら悲しい場面のはず。まさに、あほだら経である。

「じゃあ、仮に、マユミが行かなくても、大福と、あずきは、一緒に連れて行ってもらえるの？」

と、不安げにねえちゃんは聞いてみた。

「へえ、大福と、あずきは、一緒に行くと言ってやしたですぜ。なにしろ、ワンコたちも、ねえちゃんのことを、タカラモンって言ってやしたぜ。ったく、どいつもこいつも、タカラモン、タカラモンって、泣けてきやすぜねえモン？」

「えっ、ねえモンって何がないの？」

「いやね、ねえちゃんとタカラモンってのを、ちょいと足して短くしてみたんでさあ。まあ、きちんと言やあ、タカラモノだからよっ、ねえちゃんって、言ってるオイラがゴチャゴチャしちまったでやんす。ヘッヘッヘッ」

「大福と、あずきは一緒なんだー。嬉しいなあ、オイラー、ありがとね」

「テレるでやんすが、ねえちゃんの、タカラモノでげすから、もちのロンロン、イーぺーコーでもって、チョチョイのチョイでやんすよ」

オイラは、『麻雀入門』も、熟読していたのである。

「私はね、大福と、あずきが生きてる間は、何が何でも生きてなきゃあね、飼い主の責任ってのを、見事にやり通したいのよ！」

かなり言葉に力が入りすぎている。

「そーでやんす、一度決めたことは、最後までやり抜くってのが、オンナミチってもんでさあ。ねえちゃんは、モガでげすなあ。いやあ、オイラもねっ、一度口に出したこたー、必ず守るでやんす。モボでさあねえ、イキでござんすねえ、オナゴを泣かすなんざあ、十年早ええ、いや千年早ええや。オナゴを泣かす生き物にだきゃぁ、なりたくねえもんだなあ」

「ヨッ、オイラッ、地球一、いや世界一」

こんな具合に、いつも盛り上がってしまう二人であった。

「おう、そうと決まりゃあ、善は急げだ、早うしょ、早うしょ、迎えのもんをちょぃいと呼びやしょっ」

と、急にソワソワしはじめるオイラに、「えーっ、今からー？」と、驚いたねえちゃんが聞いてくる。

「そうでやんすよ、善は急げでやんしょ？」

「支度が全くできていないんですけどー」

と、ねえちゃんがグズグズ言っている。

「そんなのはいらねーんでやんすがね」

「ちょ、ちょっと待っててよ。えーっと、ワンコたちの食事でしょ、そうそう、トイレシーツも要るわね、あとはー、ペット用のブラシと、あずきの薬ね。それから……？」

「あいや、ねえちゃん、一人で楽しんでるところを申し訳ねえんでやんすが、体一つありゃあ、事足りるんでござんすよっ」

「へー、オイラの国には何でもあるの？」

ワンコたちの布団セット二組を、抱えはじめたねえちゃんが、尋ねた。

「して、それがしは、マユミのことは、やけにあっさりしておいででやんすね。つい今しがたまで、泣くの吠えるのと、叫んでいやしたのにねえ」

「あー、あの人はね、頑固だからね、一度自分が言ったことは、そう簡単には曲げないのよ。強固(きょうこ)って名前の方がぴったしかもね、かもね」

と、また、歌いだしそうになったねえちゃんに、

「ガンコと、キョウコってなめーですかい？　なんだかわかりやせんが、オイラ背スジが

ゾーっとしてきたでやんすよ、くわばらくわばらでやんす」

「そうでしょ、まあ意志が強いのね、一人暮らしも長かったしね」

「ねえちゃんは、マユミのことを、ずいぶんとお詳しいんでやんすね」

「当たりきしゃりきの車引きっ、姉妹なんだから」

と言うと、また、しんみりしはじめた。

「いくら肉親でも、なかなか思い通りにはならないものねえ」

あっ、また肉親って言っちゃった。

「へー、マユミは、肉のシンなんなんすね？」

と、聞いてるオイラが何を聞いたら良いかわからなくなっている。

「そうそうっ、シンの強い子よ」

言ってるねえちゃんもわからない。しかし、

「姉妹っていうのも色々あるけど、仲間みたいなものよ」

無理はあるが、オイラには理解できたみたいだった。

「そうよー、大福も、あずきも、オイラも、みーんな仲間なのよ、大切なね！」

「さいでげすかー、オイラもですかい、嬉しいことを言ってくれやすねえ」

と言いながら、目がウルウルしているオイラに、「私、マユミと話してくるから」と言い残しマユミの部屋へ行ってしまった。

「姉妹って言われて、仲間にしてもらえて、オイラ嬉しいやなあ、アニキー」

と、また、宇宙人の人形に話しかけていた。そこへ、早々とねえちゃんが戻ってきた。

「準備ＯＫよー」と、元気に叫んでいる。珍しく泣いてない。

オイラの方が気になって、

「ケンカとやらでもしてきたんでやんすかい？」

と、聞いてみた。

「やーねー、違うわよー。住む世界は変わるけど、いつまでも仲良しよ」

と、ニッコリ笑った。

「さいでげすかー、それならよござんした」

と、安心したオイラ。

「おっといけねえや、もうすぐ迎えの乗りもんが来るころあいだが」

と、上の方を見上げている。すでにねえちゃんは、カボチャの馬車に乗る妄想がはじまっていた。

「うっ」

「ワン」

「ワン」

「わりーな、ねえちゃんたち、こっから先を、人間やワンコたちに見せるわけにゃあ、いかねえんでやんすよ。ちーとばかし、いい夢でも見てておくんなせえまし」

と、オイラの声が、徐々に遠のいていった。

「うわーっ、ひえー、出ちゃったわー、どうしましょう。えーっ、ドレス着てるし、しかも目の前には、あの方が、いやーっ、や、やっぱり生で見るとステキだわー、何か話しかけなきゃ、うおーっ、出たー、カベドン。そうよね、こっちから話す前にまず彼からコクるのが、先よね。キャーッ、彼って言っちゃったしー、カベドンされているしー、壁なんて壊していいから、ドンドンしてー。幸せに染まっているワ・タ・シ。そんなに見つめないでー、あっ、見つめてー。えーっ今度は、あの有名な、お姫様だっこだわー、それもしてくれちゃうのー、キャー、彼のささやきが耳元で聴こえて、しかもギューって、もう夢みたいー、息ができなくなるくらい、ギューってして、いやー、いやー、いやー」

と、思いっきり叫んでしまった自分の声で、目が覚めたねえちゃん。

「やっぱり夢だったのね、当たり前よね、本人がここに居るわけないし、それにしても、最高級の夢だったわ。一生忘れないわー」などと、一人でブツブツ言っている。

「おや、おひとりで、てーそー盛り上がってるところを申し訳ありゃーせんが」

と、オイラが覗き込んでいる。やっと気付いたねえちゃん。

「オイラ宝箱持ってどうしたの？　また宝探し、しているの？」

と、不思議そうに聞いた。

「へえ、タカラサガシってのはもうできやせんがね、このタカラバコは、誰(でえ)にも渡すわけにゃあまいりやせん」

と言って、ギュッと抱きしめた。

あたりを見回すと、オイラみたいなのがたくさんいる。うじゃうじゃいる。

「あ、大福と、あずきはどこ？」

と、オイラに聞くや否や、二本足でトコトコと歩きながら、こちらにやってきた。

「早くしなさいよー、ほんと、ボクちんって、いっつものんびりしているんだからー」

と、あずきが、大福に話しかけている。

「だってー、ボクちん、おくびょうだから、あずきねえちゃーん、待っておくれよー」

と、言いながら、やっと、大福も、ねえちゃんのそばにくっついた。

「ひえーっ」

と、言うねえちゃんの叫び声には慣れっこなオイラとワンコたちだが、オイラに似てる他のオイラたちは驚いて、目玉を落とす者もあった。

ねえちゃんは、目玉の一つや二つが落ちようが慣れっこになっていた。しかも、それを拾って渡している。それよりも、ねえちゃんには、大福と、あずきが、普通に喋っていることと、二本足で歩いている方に感動していた叫びだった。やはり目のつけどころが違う。

ところで、ここの室内はやけに静かだった。ひたすら騒いでいるのは、ねえちゃんだけだった。

「何だか、きもち悪いくらい静かねえ」

と、まだ話している。オイラが驚いて、

「前に、話したじゃねえですかい。ここの国は誰も喋らないんでやんすよっ」

今度はオイラが、色々と説明する番になった。

「あーそうだった、スマホがとかパソコンの時の話ね？　じゃあ、今度は、オイラの仕事ね、通訳係ってのはどうかしら？」

と、ねえちゃんが嬉しそうに話しかけているが、オイラの猫背が、かなり猫背になってしまった。

「そーも、いかねえんでやんす」

ねえちゃんは、オイラにそう言われて、ハッと思い出したように、「死んじゃうの？」と聞いた。

「死ぬには死ぬんだがね、これ以上話すと長くなるんでよ。とにもかくにも、オイラは先にあっちへ行くでやんすよ」

と、言い残し、何やら仰々しい部屋へ入って行こうとしたが、ねえちゃんと、まだ喋りたかったオイラは、

「ねえちゃんも、あっちに行きゃあわかるでやんすよ。それにしても、ねえちゃんにはずいぶん、なげー間、世話になっちまったなあ。オイラこっからよー、いーっつも下を見おろしていたんだが、ねえちゃんが、あんまりさめしそうに、こっち見上げちゃあ手を振っていなさるもんで、なんだかオイラもせつねえ心持ちになりやして、ねえちゃんってのがどんな人間だろうかなんて、ガラにもなく知ってみたくなりやして、UFOをわざとぶつけて降りてきて、ねえちゃんに会ったんでやんすよお。オイラの目ん玉にゃあ、狂いはなかったでやんす。オイラがみそめた通りの人間でやんした。ねえちゃんは、オイラという見ず知らずのもんにまで、てーそー優しくしてくれたでやんすよねえ。しかも、いっぺえ、ホレこんなに、色んな物もくれたでやんす。ねえちゃんが言いたかった、タカラバコの意味がオイラにゃあしかと伝わったでやんす。産まれてきて、こーんなに嬉しいと思ったことは、ねえでやんした。おまけに、話し相手ってのができて、オイラに言葉ってのを、たーくさん教えてくれてよお、いっつもていねいにさあ、説明ってのをしてくれてよお、オイラ、涙ってのが出るようになりやした。人間ってのが、こんなに情にあったけーもんだとは、思ってもみなかったんでやんす。オイラ、ねえちゃんと出会えて、地球一、幸せもんでござんした」

　オイラが向こうから何やら手招きをされているみたいだが、ねえちゃんは泣きすぎて目が潤んでいてよく見えていない。

「おっといけねえや、オイラ呼ばれちまったみてーだなあ。ねえちゃんといると、話がついつい長くなっていけねえや、これもいつものヤツでやんすかねえ」

と、タカラバコをまたギュっと抱きしめると、猫背のオイラがトボトボと歩きはじめた。思わず叫ぶねえちゃん。

「オイラー、こっちこそありがとねー、私には話し相手がいなくってねー、ずーっと淋しかったんだよー、空から見つけてくれて、ありがとー。すごく嬉しくって、楽しかったよー、ありがとね」

と言うと、オイラが背を向けつつ、上がらないと言ってた左腕を思いっきり上げて、フッと降ろしたと、同時に、小さな紙きれを落とした。それに気付いたねえちゃんは、宇宙人に気がつかれないように、そっと拾いに行った。それはいつかオイラにあげたノートの切れ端だった。そこには、たどたどしい文字で、「ねえちゃん　ありがと」と書いてあった。それを読むなり、ねえちゃんは、ここでもまた号泣してしまった。

「それじゃあ、あたしたちも行こうよ、まみねえちゃん」

「うん、ボクちんも、まみねえちゃんと、あずきといっしょに行くよ」

と言うと、呼ばれてもいないのに三人？　で手を繋ぎ、オイラの入っていった部屋の前まで行った。すると、ドアがスッと開いた。ねえちゃんは、全てにおいて感涙している。

「まみねえちゃん」と、あずきが話しかける。

「あたしもね、大福と、マユミと、暮らせてしあわせだった」

「ボクちんも」と大福が言った。ねえちゃんは泣きすぎて声が出ないはずなのに、「なるほど、ドアを開けたり閉めたりがないわけだ」と、今、あずきと、大福が、感動的に喋っていたのに、ドアのことを考えているねえちゃんは、やはりただ者ではない。

あずきと、大福に、手を引かれ、中に入ってみた。オイラみたいだが、オイラではないので、ここは宇宙人と呼んでみることにするか。この宇宙人は、この部屋の番人みたいだった。入ってくる宇宙人を、次々とカプセルみたいな中へ誘導する係らしい。我々が入っても驚く様子もなかったが、何かを探しているみたいだった。それは三人用の別注らしく、オイラが特別に三人が一緒に並んで乗れるようにしてくれていたらしい。透明なフタ？みたいなものを指さしている。

「よばれてるよー」

と、しっかり者のあずきが言う。

「そうねー」

ボクちんは、ねえちゃんにピタピタとしがみついている。

「体ばっかり大きくても、怖がりやさんねー」

と、ねえちゃんが笑う。

「そうそう、まだ聞いてなかったけど、大福とあずきって、本当はどっちが先に生まれたの？」

　ねえちゃんは、ずーっと気になっていたのだが、今ここでその話題を出すとは、アッパレとしか言いようがない。

「で、どっちー」って、しつっこく聞いていると、宇宙人が指一本で、この中へ入れのような仕草をしていた。

「なーんか命令的で、えっらそうねー。どうぞお入りくださいませ、とか、ようこそそこへクック、クック、あら、また歌いそうになっちっちー、確かに言葉がない国だから仕方ないんだけどね」

　と、相変わらず頭がパンキーなねえちゃん。友達がいないのもわかる気がする、スルメイカ。オイラだったらこう言うだろうななどと、くだらないことを考えていると「あったしがいちばーん」と、あずきが言って座った。おーっ、ワンコが椅子に座っている。と、またねえちゃん、バカねえちゃんと言っても過言ではない。

　そういえば、いつも、あずきは、一番が好きだったわねー、と、ねえちゃんは今までを振り返っていた。

「それで、大福は、どこがいいの？」

　と、聞いてみたら、

「ボクちんは、まみねえちゃんの横」

と言った。

そこでまた、ねえちゃんは嬉し涙を流してしまうのだったが、ところでオイラはどこにいるのかしら？　ふっと、我に帰り、キョロキョロ見渡すと、おっいたいたいた。声を出すと叱られそうだから、頭の中で喋っているねえちゃん。俗に、オヘソという部分に、細くて長いチューブのような物を付けられて、眠っているようにも見えたが、笑っているようにも見えた。なぜオイラを見つけられたかは、宝箱を抱いていたからである。

「笑顔がモボだねー」と、感心している間に、あずきと、私と、大福の、オヘソにも細くて長いチューブが付けられた。三人？　は、しっかりと手を繋いでいた。ここに、マユミがいないのが、とても残念だったが、とにかく三人が一緒なのが、ねえちゃんには嬉しかった。

「マユミは今頃どうしているかしら、大丈夫かな？」

と呟いて、うつらうつらとしていたら、「明日は、明日の風がふくのさあなあ」と、どこからか聞こえてきた。

「それもそうね……」と言ったねえちゃんも、フッと笑って、そのまま眠りについた。

さて、その後四人がどうなったかは、見ぬが仏、聞かぬが花、世間知らずの高枕。

「イキだよねえ」

「イキでござんすねえー」

優しい心のねえちゃんの所にやってきた宇宙人。やっぱり優しい心になって、自分の国へ帰って行った。

優しくない心の人の所へ来た宇宙人がいたとしたら？

「おっと、その先は、聞けば気の毒、見れば目の毒、知らぬが仏、っとくらー」

二人のバカ笑いと思えるような、からっ風が吹いて、満面の笑みを浮かべて、お月様がそっと笑った。

終幕

著者プロフィール
秋山 真朱美（あきやま ますみ）

岡山県岡山市生まれ、同市在住
【資格合格認定】
カラーセラピスト、メンタル心理カウンセラー、
上級心理カウンセラー、行動心理士、うつ病アドバイザー、
終活ライフケアプランナー、チャイルドカウンセラー、
家族療法カウンセラー、カウンセリング実践力強化、
夫婦カウンセラー、不登校訪問支援カウンセラー、
レクリエーション介護士２級、音楽セラピスト、
音楽療法インストラクター、シニアピアカウンセラー、
アンガーコントロールスペシャリスト、
マインドフルネススペシャリスト、和紙ちぎり絵アーティスト
【趣味】
読書（主に古い文豪たち）、歌舞伎鑑賞（主に坂東玉三郎）、
映画鑑賞（主に名探偵コナン）
【その他】
黒豆大福君と、黒豆あずきさんが命
すでに２作目を完成、現在３作目を執筆中

イラスト協力会社／株式会社ラポール イラスト事業部

宇宙人と暮らしてみれば

2023年９月28日　初版第１刷発行

著　者　秋山 真朱美
発行者　瓜谷 綱延
発行所　株式会社文芸社
〒160-0022　東京都新宿区新宿1－10－1
電話　03-5369-3060（代表）
03-5369-2299（販売）

印刷所　図書印刷株式会社

ISBN978-4-286-24561-4　JASRAC 出 2303943－301